[德] 埃里希·玛丽亚·雷马克——著

亓 畅——译

西线无战事

万卷出版有限责任公司
VOLUMES PUBLISHING COMPANY

图书在版编目（CIP）数据

西线无战事 /（德）埃里希·玛丽亚·雷马克著；
亓畅译. —沈阳：万卷出版有限责任公司，2023.2
（2025.10重印）

ISBN 978-7-5470-6142-8

Ⅰ.①西… Ⅱ.①埃… ②亓… Ⅲ.①长篇小说—德
国—现代 Ⅳ.①I516.45

中国版本图书馆CIP数据核字（2022）第228730号

出 品 人：王维良
出版发行：万卷出版有限责任公司
　　　　　（地址：沈阳市和平区十一纬路29号　邮编：110003）
印 刷 者：辽宁新华印务有限公司
经 销 者：全国新华书店
幅面尺寸：145 mm × 210 mm
字　　数：160千字
印　　张：8
出版时间：2023年2月第1版
印刷时间：2025年10月第9次印刷
责任编辑：王　越
责任校对：张　莹
封面设计：仙　境
版式设计：李英辉
ISBN 978-7-5470-6142-8
定　　价：39.80元
联系电话：024-23284090
传　　真：024-23284448

这本书不是控诉，也不是自白，
而是为了描述在战争中被摧毁的一代，
即使他们侥幸生还。

I

我们现在在前线后方九公里。我们昨天才被换下来；现在满肚子都是白豆和牛肉，吃得很饱，很满足，甚至在晚饭时都能领到额外的饭盒；此外，还发了双份的香肠和面包，足够了。这样的情况已经很久没有出现了：红头发的厨工直接开始给我们打饭；他挥舞着勺子给每个人盛上丰盛的食物。他有些崩溃，因为他不知道怎么把厨房里的食物都清空。特雅登和穆勒费了很大劲才找到几个洗脸盆，把它们装得满满的。特雅登这样做是因为他嗜吃如命，穆勒则是出于谨慎。所有人都很好奇，像鲱鱼一样瘦弱的特雅登，把饭都吃到哪儿去了。

但最重要的是，烟也给了双倍——每人十支雪茄，二十支香烟和两块嚼烟，数量相当可观了。我用嚼烟和卡钦斯基交换了香烟，这样一来，我就有四十支香烟了。够我抽一天的了。

其实，我们本不应该得到这么多。普鲁士人并不慷慨。这一切都要感谢一个错误。

十四天前，轮到我们到前线换班。当值期间，一切都很平静，因此，军需官为我们连队返营的一百五十人备全了当天的食物。然而，就在最后一天，漫天炮火意外袭来，英国大炮不断向我们的阵地发出攻击，我们损失惨重，最终，只有八十人返回。

夜间扎营后，我们就立刻躺下休息，终于能睡一个好觉了；卡钦斯基的话没错：如果我们能睡个安稳觉，那就代表战场的情况没那么糟糕。以前我们从没睡过好觉，因此，每次都觉得在前线的十四天十分漫长。

当我们中的第一批人走出营房时，已是中午了。半小时后，每个人都拿起了饭盒，聚集在飘着食物香气的厨房前。当然，站在最前面的是饿得最惨的人：小阿尔伯特·克罗普，我们中思维最清晰的人，因此他也最早晋升豁免兵；穆勒①，他仍然带着课本，梦想着有一天能参加考试，在连天炮火中，他仍然苦读物理定理；勒尔，留着络腮胡，对军官妓

---

① 原文为 Müller V，指学校中叫穆勒的人中的一个。

院的女孩们情有独钟，还发誓有一天会通过军令让女孩们穿上丝绸衬衫，并让上尉以上头衔的客人在与她们碰面前先洗个热水澡；第四位是我，保尔·鲍默。我们四个人都是十九岁，都是从同一个班级走上战场的。

紧跟在我们身后的是我们的朋友，特雅登——一个瘦小的锁匠，与我们同龄，是连队里的贪吃鬼。他坐下来吃饭的时候还是个瘦子，吃完站起来的时候就胖得像只怀孕的虫子；海伊·韦斯特斯，与我们同龄的挖泥煤工，他会把一块小面包攥到手里然后问别人："猜猜我的拳头里有什么？"德特林，一个只想着自己的农场和妻子的农民；最后是斯坦尼斯劳斯·卡钦斯基，我们这群人的头儿，强悍、精明、狡猾，四十岁，一张泥土色的脸，蓝色的眼睛，总是习惯性地耷拉着肩膀，灵敏的鼻子能够感知空气中紧张的氛围、美味的食物以及战争中哪项工作最轻松。

我们这拨人在战地厨房前排到了队首。一无所知的厨工还傻站在那儿等着所有人到齐再开饭，但我们已经等得不耐烦了。

终于，卡钦斯基对他喊道："打开你的肉汤锅，海因里希！豆子已经熟了。"

他困倦地摇了摇头："等你们所有人都到齐了我才能开饭。"

特雅登咧嘴一笑："我们所有人都已经到了。"

厨工仍然没有明白发生了什么：“肯定没有。其他人都哪儿去了？”

“他们今天不会到这儿领饭了！他们在野战医院和公墓里了！”

厨工听后很震惊，犹豫着说：“我可是为一百五十个人准备了饭。”

克罗普戳了戳他的肋骨：“我们终于可以饱餐一顿了。来，开饭吧！”

突然间，特雅登恍然大悟。他那张尖尖的老鼠脸开始闪闪发光，眯起的眼睛中透露出狡黠，脸颊抽动着，凑上前说道：“天哪，那不就是说你已经领到了一百五十人份的面包吗？”

厨工不知所措地点了点头，有些失神。

特雅登抓住他的上衣：“香肠也是一百五十人份的吗？”

厨工又点了点头。

特雅登的下巴颤抖着，“烟草也是？”

“是的，所有的东西。”

特雅登环顾四周，满脸笑容，“天哪，真是太幸运了！那所有东西就都是我们的了！每个人都会得到——等等，我算一下——双份的量！”

厨工回过神后，解释道：“那不可能。”

这时，我们也高兴得一拥而上。

"胡萝卜 ①，为什么不可能呢？"卡钦斯基问道。

"一百五十人的食物不可能只分给八十人。"

"那我们告诉你怎么分！"穆勒抱怨道。

"多少食物对我来说无所谓，但我只能发放八十份的饭菜。"番茄 ② 坚持说。

卡钦斯基生气了。"你以前肯定在前线换过班，对吧？现在你并不是给八十个人，而是给二连提供饭菜。好了，现在把所有的食物都发放出去吧。我们就是二连。"

我们把厨工围了起来。连队里的所有人都受够了他，因为在双方开火时候，他不敢把做饭的锅炉放在离连队近点的地方，我们派去取饭的人不得不比其他连队的人走得远，这就导致我们有好几次都很晚才拿到饭，而且吃的时候都凉了。一连的布尔克可比他强多了——虽然胖得像个冬天的仓鼠，但是在关键时刻他会把锅拖到前线。

当时，我们正在气头上，如果连长没出现，肯定就打起来了。他询问了情况后，只说了一句话："是的，我们昨天伤亡惨重。"

然后，他朝锅里看了看，"豆子看起来不错。"

番茄点了点头，"我放了肥肉、瘦肉，一起炖的。"

少尉看了看我们，知道我们在想什么；他还知道很多其

---

① 厨工是红色的头发，这里用胡萝卜指代他，带有戏谑的意思。
② 同样指厨工。

他事情，因为他曾经也经历过我们经历的一切，才从军士变成少尉。接着，他又掀开锅盖，闻了闻里面的食物。

临走时，他对厨工说："给我也盛一大盘。把锅里的这些都分了吧，我们要吃光。"

番茄摆出一副傻乎乎的表情。特雅登高兴地在他身边跳来跳去。

"这对你来说根本没什么损失！看他做的这个事儿，就像部队后勤部是他家开的似的。赶紧吧，你这个寄生虫，可别算错了！"

"滚开吧！"番茄大声喊道。他气得不行，根本没法理解这个事儿。为了表明自己现在对什么都无所谓了，他甚至主动给每个人发了半磅的人造蜂蜜。

今天还不错。邮车到了，几乎每个人都收到了一些信件和报纸。我们现在在军营后面的草地上闲逛。克罗普的胳膊下还夹着一个人造黄油桶的圆盖子。

草地的右边已经盖好了一个带着棚且坚固的巨大公厕。但这是给还没有学会随机应变的新兵准备的。我们有更好的选择。散落在各处的小箱子就有同样的用途。这些箱子是方形的，很干净，由木头制成，四周封闭，坐上去无可挑剔，特别舒服。箱子的侧面有把手，移动起来很方便。

我们三人围成一圈，找了个舒服的位置坐下，两小时内不打算站起来。

新兵的时候，我必须跟其他人一起上公用厕所，到现在我都还记得当时是多么尴尬。因为厕所没有门，二十个人像在火车上一样挨着坐在一起，一览无余——新兵就应该一直处于监督之下。

在这期间，我们学到的不仅仅是如何克服羞耻心。随着时间的推移，我们还熟悉了很多其他的东西。

露天厕所真是享受。不知道为什么，过去我们总觉得不好意思，其实这就像吃喝一样自然。如果这是生活常态，只对我们来说是新鲜事的话，那就不值一提了——毕竟，其他人早就习惯了。

士兵比其他人更熟悉自己的胃和消化系统。他们四分之三的词汇都来自于此，最大的快乐和最深的愤怒都能在这儿找到精练的表达。其他方式都没这么简洁明了。如果我们回家后还这么说话，家人和老师都会感到惊讶，但在这里，它是通用语言。

大家就这样逐渐减轻了说脏话的负罪感。更重要的是，它们对我们来说很自然，表达起来就像玩斯卡特无主时没有人头牌一样顺畅。各式各样的废话被称为"茅坑暗号①"是有

① 原文的词是 Latrinenparole，它由两个词复合而成，Latrine 是茅坑、厕所的意思，Parole 有口号、暗号的意思，这两个词放在一起的引申义就是闲言碎语、谣言、小道消息。

原因的；在部队里，这就是闲聊的地方，甚至能代替朋友间的聚会。

此刻，我们比蹲在豪华的白色陶瓷马桶上还要舒服，它虽然干净，但不如这里好。

放空的感觉太好了。我们头上有湛蓝的天空，地平线上悬挂着明亮的黄色系留气球，依稀还能看到高射炮周围云朵一样的白烟，当它们追踪空中目标时，便会在天空中留下一条白线。

前线的炮火听起来像非常遥远的雷声，头顶上嗡嗡作响的大黄蜂就能把它淹没。

周围是开满鲜花的草地。小草的嫩芽随风摇曳，菜粉蝶在夏末柔和温暖的风中翩翩起舞，我们摘下帽子放在身边，一边看信、读报，一边抽烟，风吹着我们的头发，也扰乱着我们的思绪。

三个箱子①突兀地矗立在鲜红的罂粟花中间。

我们把人造黄油桶的盖子放在膝盖上，这样就能在上面玩斯卡特了。克罗普负责发牌。每一局空手明牌②后就来一局换牌比小③，这样一来，我们可以一直这样坐着，不用换

---

① 指前文提到的露天厕所。

② 斯卡特有三种牌分计算方式，即有主、无主和空手。空手明牌是空手中的一种积分规则。

③ 换牌比小是斯卡特的非官方附加规则。三位玩家都不叫分，获得牌分最高的玩家失败。玩家可以选择是否换牌，如果不换的话，游戏结果翻倍。

位置。

军营里传来手风琴的声音。我们不时把牌放下，互相看着对方。这时，一个人可能会说："孩子们，孩子们——"或者是："那会儿我们差点死了——"然后就会陷入沉默。我们身上有一种强烈的、克制的感觉，每个人都能感觉到，无需太多的语言。如果今天没有坐在露天厕所上，这种感觉或许就不会这么明显。现在所有的一切都很新鲜，刺激着我们的感官——红色的罂粟花、美味的食物、香烟和夏日的风。

克罗普问道："你们有谁见到凯梅里奇吗？"

"他在圣约瑟夫医院。"我说。

穆勒说，凯梅里奇的大腿被射穿了，可以借此理由回家。

我们决定下午去看他。

克罗普拿出一封信，"坎托雷克向你们致意。"

我们笑了。穆勒扔掉烟头，说道："真想让他也到这儿感受一下。"

坎托雷克，是我们以前的班主任，一个穿着灰色燕尾服的严厉的小个子男人，长得尖嘴猴腮，身材跟有"克洛斯特贝格军营①的恐怖者"之称的希梅尔斯托斯军士差不多。说

---

① 该军营的名字是根据作者雷马克受训的位于奥斯纳布吕克的卡普里维军营改编的。卡普里维军营位于韦斯特贝格区。

来奇怪，这个世界上的苦难往往都是由小个子造成的：他们比高个子更有活力，更不容易相处。我总是小心翼翼地避免加入小个子队长的连队；他们通常都是浑蛋。

坎托雷克在训练时总给我们洗脑，直到我们班在他的领导下团结一致地来到区指挥部参军。我好像仍然可以看到他透过眼镜瞪着我们，用激动的声音问道："你们要入伍的，对吧，同志们？"

这些老师们可以一连几个小时地用这样激昂的情绪来说服学生们参军，但我们当时对此并没有考虑太多。

然而，我们中却有一个人犹豫不决，不想入伍。那就是约瑟夫·贝姆，一个肥胖、懒散的家伙。最终，他还是被说服了，因为除此之外，他也别无选择。也许还有人跟他想法一样，但没有人敢这样做，因为当时连父母都会毫不犹豫地把这种行为看作是胆小怕事。所有的人都不知道即将面对的是什么。穷人和朴实的人其实是最理智的，他们认定战争是一场灾难，而经济条件稍好的人则兴高采烈，尽管往往是他们更早地意识到后果。

卡钦斯基说，这是由教育导致的，教育让人变得愚蠢。而卡特①说的这句话，是他自己思考的结果。

奇怪的是，贝姆是最早倒下的人之一。在一次冲锋中，

---

① 卡钦斯基的昵称。

他的眼睛被射中，但我们必须立刻撤退，没法带上他，只能让他躺在那里等死。下午，我们突然听到他的叫声，看到他在外面无意识地乱爬。他看不见，痛得发狂，还没等到我们的人去救他，就在没有任何掩体的情况下被人击中身亡。

当然，这不是坎托雷克一个人的责任，如果把它视为罪责，那这个世界上的其他人呢？世界上有数以千计的坎托雷克，他们都相信自己能以最舒适的方式过上最好的生活。

但对我们来说，他们的形象却已崩塌了。

这些人引导十八岁的孩子们进入成人的世界，迈入工作、责任、文化和进步的世界，走向未来的世界。虽然我们有时会嘲笑他们，跟他们玩一些小把戏，但实际上却对之十分信任。他们是权威的代名词，拥有深刻的洞察力和丰富的知识。但战争中的第一个死者打破了这种信念。不得不承认，因为年龄的关系，我们更实诚一些；他们只是在措辞和技巧上占了上风而已。战场上的第一次交锋就让我们看到了自己的错误，隐藏在错误之下的，是从他们那里获得的整个世界观的崩塌。

当他们还在写作和交谈时，我们看到的是医院和垂死的人；当他们把为国家服务称为最伟大的事情时，我们感受到的是更强烈的对死亡的恐惧。

叛徒、逃兵或者懦夫，这样的词他们可以脱口而出，而我们不想成为他们口中这样的人。我们和他们一样热爱祖国，在每一次进攻中都表现得英勇；但现在我们知道了自己跟他们的不同，也看清了事情的本质。他们什么也没给我们留下。我们是孤独的，也不得不孤独地面对一切。

出发之前，我们就把凯梅里奇的东西打包好了，回乡的路上他一定用得到。

野战医院很繁忙，一如既往地散发着石炭酸、脓液和汗水的气味。就算已经习惯了军营生活，我们在这里也会感到不舒服。我们向人打听着凯梅里奇。他躺在病房里，很虚弱，见到我们的时候，有些喜悦和激动，也有些无助。在他昏迷的时候，手表也被人偷了。

穆勒摇了摇头，"我告诉你好几次了，别随身带着那么贵的表。"

穆勒这个人有点笨，但很有主见。其实，他不应该说这句话，因为大家都知道，凯梅里奇没法走出病房。能不能找到手表已经无所谓了，顶多就是把表当作遗物送回家乡。

"你感觉怎么样，弗朗茨？"克罗普问道。

凯梅里奇低下了头，"还行，只是脚疼得厉害。"

我们把目光转向他的床。他的腿藏在一只铁丝篮子底下，盖在上面的被子高高翘起。我用脚踢了穆勒的小腿，提醒他不要把外面医护人员跟我们说的事告诉凯梅里奇：他被截肢了，已经没有脚了。

他的状态很差，脸色蜡黄，鼻子和嘴周围有些苍白[1]，脸上出现了我们曾经看过几百次的奇怪的纹路，这并不是真正的纹路，更像是一个标识；皮肤下已经不再有生命的跃动，死亡正从他的身体内夺走生机；他的眼睛已经散发出濒死的气息了。凯梅里奇就躺在那里，可是不久前我们还一起烤马肉，蹲在战壕里并肩作战；他还是他，但又不再是他。他的形象变得模糊不清，像被冲洗了两次的底片，甚至连声音也像即将消失的灰烬。

我想起了当时启程的场景。他的妈妈，一个善良的胖女人，送他到车站。当时，她一直哭，脸都哭肿了。凯梅里奇有些尴尬，因为她是所有人中最激动的，再加上庞大的身躯，让她看起来好像要融化在脂肪和眼泪中。她盯着我不放，抓着我的胳膊求我在外面多照顾弗朗茨。凯梅里奇长着一张娃娃脸，因为骨头软，背了四星期的军囊后，一双脚就成了扁平足。但是战场上谁又顾得上别人呢！

"现在你能回家了，"克罗普说，"正常还得再等几个月呢。"

凯梅里奇点点头。我无法看清他的手，它们像融化的蜡一样模糊，指甲里还藏着战壕里的泥土，就像蓝黑色的毒药。我好像看到，在凯梅里奇死去之后，他的指甲还在生

---

[1] 濒死之人的鼻子和嘴周围会变白或者变灰，被称为"死亡三角区"，德语为"Todesdreieck"。

长，就像地窖里幽灵般的植物。它们长啊长啊，弯曲成开瓶器的螺丝钻；他的头发像草一样从头盖骨下面长了出来，但这怎么可能呢？

穆勒弯下腰，"我们把你的东西也一起带来了，弗朗茨。"

凯梅里奇用手一指，"把它们放在床下吧。"

穆勒把他的行李放了进去。凯梅里奇又开始说他的表。该怎么让他平静下来又不起疑心呢？

穆勒从床底下拿出一双飞行靴。这是一双用柔软的黄色皮革制成的漂亮的英国货，高度及膝，鞋带从下一直往上延伸着，所有人都想拥有这样的一双鞋。穆勒非常喜欢靴子的样式，拿着鞋底跟自己笨重的鞋比较，问道："这双鞋你还要吗，弗朗茨？"

我们三个人的想法都一样：即使病好了，他也只能穿一只鞋，这对他来说已经没有意义了。但就目前的情况看，把靴子留在这儿很可惜，因为他一死，医护人员立刻会把它抢走。

穆勒重复道："你不想把靴子留在这儿吧？"凯梅里奇不想，因为这是他最好的东西了。

"我们可以换啊，"穆勒再次建议，"上战场的话，我用得着这双鞋。"但凯梅里奇还是不为所动。

我踩了一下穆勒的脚，于是，他慢吞吞地把靴子放回床下。

聊了一会儿后，我们互相告别。

"保重，弗朗茨。"

我答应他明天再来看他。穆勒也说了差不多的话，他还惦记着鞋，肯定会积极一些。

凯梅里奇疼得一直呻吟。他发烧了。我们拦住外面的医护人员，请他给凯梅里奇打一针止痛针。

但是我们被拒绝了，"如果每个人都想打一针吗啡，那得有满满一桶才够。"

"你就给军官打，是吗？"克罗普刻薄地说。

见状，我赶快把两人隔开，递给军医一支烟。他接下了。我忙继续问："你有权力给病人打止痛针吗？"

他感觉被冒犯到了，"如果你觉得不能，还问我干什么？"

我又往他手里塞了些烟，"帮个忙吧。"

"好吧。"他说。克罗普也跟着一起进去了，因为不信任他，所以要亲眼看看。我们都在外面等着。

穆勒又开始说那双鞋。"那双靴子，我穿着太合适了。脚上的这双破鞋都给我磨出好几个水泡了。你觉得他能坚持到我们明天执勤结束吗？如果他晚上走了，那这双鞋肯定还在。"

克罗普回来了。"你们觉得呢——"他问道。

"没救了。"穆勒说道。

我们就打算回营房了。我想起来，明天还要给凯梅里奇的妈妈写信。天气很冷，我想喝杜松子酒。穆勒拔了几根草嚼在嘴里。突然间，小克罗普扔掉了他的烟，疯狂地跺着脚，惊慌失措地四处张望，结结巴巴地说："该死的浑蛋，这些该死的浑蛋！"

我们继续往前走，走了很久。克罗普已经平静下来了；这是炮弹休克 ① 的症状，每个人都有这样的时候。

穆勒问他："坎托雷克在信里究竟写了什么？"

他笑了笑："他说我们是铁血青年。"

我们三个人愤怒地笑了。克罗普骂道，他应该对自己还能说话感到高兴。

是的，成百上千个坎托雷克，他们就是这样想的，他们就是这样想的！铁血青年。青年！我们确实不到二十岁，但还年轻吗？青年？那已经是很久以前的事了。我们经历的一切已经让我们变成了老人。

---

① 战斗应激反应的一种，表现为惧怕受伤，突然狂怒等。

II

　　不知道为什么，我想起家中书桌的抽屉里还有已经写了个开头的戏剧《索尔》①和一摞诗稿。以前的很多个晚上，我都靠写作打发时间，其他人也都差不多；但对现在的我来说，这一切都那么不真实，已经变成无法想象的事了。

　　自从我们来到这里，即使什么都不做，也已经切断了与从前生活的联系。有时，我们会试图了解和解释现在的生活，但都失败了。克罗普、穆勒、勒尔、我，二十岁的我们，被坎托雷克称为铁血青年的我们，却对人生感到迷茫。老一辈的人与他们的过去紧紧相连，他们有自己的根，

――――――――――

① 索尔（saul），以色列第一个国王。

有妻子、孩子、职业和兴趣，这些都足够强大，是战争无法摧毁的。但是二十岁的我们只有父母，有些人有女朋友。我们拥有的并不多——因为在这个年纪，父母对我们的影响已经很小了，女孩儿还没有占据我们的生活。除此之外，我们什么都没有；一点热情，一些爱好，在学校里上学，这就是我们生活的全部。而这一切都随风而去了。

坎托雷克可能会说，我们正处在时代的转折点上。确实是这样。但我们还没有在土壤中扎根，就被战争的洪水冲走了。对年长的人来说，这只是一种中断，他们可以越过战争去思考。但我们却已经被卷入其中，不知道它将如何结束；我们唯一知道的就是战争正在以一种奇怪、忧郁的方式残害我们，虽然我们有时不再会感到悲伤。

就算穆勒想拥有凯梅里奇的靴子，也不代表他比那些因为痛苦而不敢这样想的人更冷血。他只是就事论事而已；如果凯梅里奇还能穿这双靴子，那他宁可光脚走过铁丝网，也不会想要得到它们。但就目前的情况来看，凯梅里奇不可能再穿了，而穆勒只想物尽其用。无论谁得到它们，凯梅里奇都会死，那为什么不能是穆勒呢？总比落在医护人员手里要好得多！等他死去再提这事就太晚了，所以穆勒一直挺上心的。

我们不再关心人情世故，实在的东西才是真的，才是对现在的我们来说最重要的。毕竟好的靴子很宝贝。

以前的我们可不是这样。刚到区指挥部时，我们还是二十个涉世未深的年轻人，几个人在去练兵场之前还一起兴致勃勃地刮胡子。我们对未来没有什么坚定的计划，只有极少数人对职业或工作有明确的想法；一切都充满了不确定性，在我们眼中，生活和战争都被理想化了，甚至有些浪漫。

十周的军事训练对我们的影响远超过去十年的学校教育：一颗抛光的纽扣比四卷叔本华更重要。起初，我们还会感到惊讶和痛苦，最后变得无动于衷，然后才意识到，抛光刷比精神重要，体系比思想重要，操练比自由重要。我们带着热情和美好的愿景来参军，但他们却想尽办法把这些从我们身上赶尽杀绝。在部队的三星期让我们知道，邮递员①比父母、老师，以及从柏拉图到歌德的整个文化圈对我们的影响都大。我们用年轻而警觉的双眼看到，老师口中祖国的概念只有在暂时放弃人格的情况下才能实现，连身份最卑微的仆人都不会被这样苛求：敬礼、立正、阅兵、端枪、右转、左转、脚跟并拢、责骂和成百上千次的刁难；这跟想象中的任务并不一样，我们像马戏团的马一

————————————

① 希梅尔斯托斯以前的职业就是邮递员，后文会提到。

样为英雄主义做准备，但很快就习惯了。我们甚至能理解
了，其中一些东西是必要的，其他东西是多余的。士兵总
是对此很敏感。

　　我们班被拆分成几个三到四人的团，与弗里斯兰的渔
民、农民、工人和手艺人在一起。很快，我们就交上了朋
友。克罗普、穆勒、凯梅里奇和我加入了第九团，由希梅
尔斯托斯军士领导。

　　他是练兵场上的大坏蛋，却以此为荣。这个矮小结实
的家伙，服役十二年，留着红色的犄角八字胡，以前是个
邮递员。他总是针对克罗普、特雅登、韦斯特斯和我，因
为他能感受到我们无声的反抗。

　　我在一个上午为他铺了十四次床。他总说不合格，让
我拆掉重叠。我用了二十个小时的时间——当然包括休息
时间——给一双又旧又硬的靴子上油，它们明明已经很柔
软了，只有希梅尔斯托斯觉得还不够软；他还下令让我用
牙刷把军士的宿舍刷干净；克罗普和我被要求用扫帚和簸
箕把营房院子里的雪扫干净，要不是一个少尉碰巧路过把
我们打发走，我们可能得干到冻死为止，后来，少尉训斥
了希梅尔斯托斯，这更让他对我们怀恨在心，后果就是我
连续打扫了四个星期的卫生，每个星期天还得执勤；我背
着行李，拿着步枪，在松软潮湿的草地上听着"起跳，前

进，前进"和"卧倒"的命令进行训练，直到像个泥球一样瘫倒在地；四小时之后，我用一双带着擦伤的血手向希梅尔斯托斯展示一尘不染的衣物用品；我、克罗普、韦斯特斯和特雅登还曾在冰天雪地中站军姿，没戴手套的手握着冰冷的枪管，而希梅尔斯托斯就站在旁边，只要我们一动就判定我们违反军规；凌晨两点，我穿着衬衫从营房的顶层跑到院子里，来来回回有八次，只因为我堆放在凳子的裤子超出了板凳边几厘米。希梅尔斯托斯执勤的时候跟我一起跑步，故意往我脚上踩。在练习格斗的时候，希梅尔斯托斯每次都把我和他分在一组，我拿着沉重的铁枪，而他只拿着一把轻巧的木制步枪，这样他就能毫不费力地把我的胳膊打得青一块紫一块。有一次我被激怒了，激动地冲向他，朝他的胃来了那么一下，他就倒地不起了。当他想抱怨时，连长嘲笑他，让他小心点儿；他了解希梅尔斯托斯，也很愿意看到希梅尔斯托斯出糗。我就像一个攀岩高手，慢慢地从一次又一次的屈膝中找到自己的行为方式。听到他的声音时，我们会颤抖，但这并不意味着我们会屈服于这匹疯马。

星期天，克罗普和我用一根杆子挑着便桶穿过院子，希梅尔斯托斯精神抖擞，正准备出门。他站在我们面前，问我们喜不喜欢这份工作，我和克罗普假装绊了一下，桶里的粪便浇了他一腿。那时的他已经怒不可遏了。

"我要把你们关禁闭。"他喊道。

克罗普已经受够了。"但这之前还需要做调查，到时候我们就开诚布公地把事情说清楚。"他说。

"你们怎么跟军士说话的！"希梅尔斯托斯吼道，"都疯了吗？等着吧，看看有没有人来问你们！你们到底要干什么？"

"我们要把军士先生的秘密说出去！"克罗普说，然后把手指放到裤缝的位置。

希梅尔斯托斯方才意识到发生了什么，一言不发地走开了。在他消失之前，还在大声喊："我会让你们付出代价！"但他已经拿我们没办法了。他又让我们在刚翻耕过的地上听他的命令——"卧倒！""起跳，前进，前进！"我们服从每一个命令，因为命令就是命令，必须执行。但我们执行得很慢，这让希梅尔斯托斯陷入了绝望。我们悠闲地跪下，然后慢慢地趴在地上，如此反复；在这期间，他已经愤怒地发出了另一个命令。在我们出汗之前，他已经声嘶力竭了。

后来，他终于让我们休息了。虽然在他眼里，我们仍然是无赖，但其中已经夹杂着一丝尊重了。

部队里也有很多正派的军士，他们比较理智，这样的人还是占多数的。但最重要的是，每个人都希望尽可能长时间地保留在家乡的职位，而这只有通过严格训练新兵才能实现。

每一次军事训练都有我们的份儿，我们气得大哭。一些人也因此生病，沃尔夫就得了肺炎死掉了。但如果我们屈服了，就会成为笑柄。我们变得强硬、多疑、无情、凶残、有仇必报——这很好，因为我们缺乏这些品质。如果没有经过这种训练就被送往战场，那我们中的大多数人都会疯掉；有了这样的经历，我们就能为必然会发生的事情做好准备了。

我们没有崩溃，而是适应了；过去二十年的成长环境让我们觉得许多事情是困难的，但这也帮助了我们；它带给我们最重要的影响就是唤醒了我们坚定的、实在的团结精神，在战场上发展成战争所能带来的最好的东西：战友情谊。

我坐在凯梅里奇的床边。他的情况越来越糟。周围很吵，一辆列车已经抵达，医护人员正在挑选适合运送的伤员。医生路过凯梅里奇的病床时，都没有看他一眼。

"下一批就轮到你了，弗朗茨。"我说。

他用胳膊肘撑着枕头，"他们给我截肢了。"

他还是知道了。我点点头，回答道："你能回家了，该高兴才对。"

他沉默不语。

我继续说："弗朗茨，你应该庆幸不是两条腿都被截肢。韦格勒失去了整个右臂，这不是更糟吗？你马上就能回家了。"

他看着我，"你真的这么认为吗？"

"当然。"

他重复说道："你真的这么认为吗？"

"当然，弗朗茨。你现在得赶快从手术中恢复过来。"他招招手让我靠近。我弯下腰贴近他，他低声说："我不相信。"

"别瞎说，弗朗茨，过几天你就知道了。截掉一条腿不是什么大事，比这个还糟糕的创伤也会被治好的。"

他举起一只手，"你看看这几根手指。"

"这是手术的原因，只要好好吃饭就会好的。你们的伙食怎么样？"

他用手指了指半满的碗。见状，我有点急了，"弗朗茨，你必须吃东西。吃饭是最重要的。这里的伙食也挺好的。"

他拒绝了。过了一会儿，他慢慢地说："我曾经想成为一名林务官。"

"你现在也可以啊，"我安慰他道，"现在的假肢做得很好，根本不会感觉到缺了什么。它们与肌肉相连。有了假肢手，手指就能动了，你可以工作，甚至写作。总会有新的东西被发明出来。"

他静静地躺了一会儿，说："你可以把我的系带鞋给穆勒带去。"

我点点头，不知道说什么能让他高兴起来。他的嘴唇干裂脱皮，有些肿胀，牙齿突出，像一根根粉笔；他的身体好像要融化了，额头和颧骨凸起得厉害；骨架努力支撑着身体；眼神中已经没了光。几个小时后。什么都会过去了。

我不是第一次看到这样的人；但我们一起长大，一切就都不同了。我以前抄过他的作文。在学校的时候，他经常穿一件棕色西装，系着腰带，袖子被磨得发亮。他也是我们当中唯一能在单杠上做大回环的人，坎托雷克也会为他感到骄傲。做这个动作时，他的头发像丝绸一样飞扬在脸上。但他不抽烟，皮肤又很白，像个姑娘。

我低头看了看我的靴子，它们又大又笨，里面塞着裤腿；每当我们站起来的时候，裤腿像宽大的管子，让人看起来很魁梧。脱衣服游泳时，我们突然又有了细长的腿和瘦削的肩。这时候我们不再是士兵，而更像是普通男孩儿；没人相信我们能扛起军囊。当我们赤身裸体的时候，才真是一个奇怪的时刻：此时我们是普通人，感觉上也好像是这样的。游泳的时候，弗朗茨·凯梅里奇瘦瘦小小的，像个孩子。但他现在却躺在这里，为什么啊？我就应该把整个世界都带到他的病床前，告诉所有人：这是弗朗茨·凯梅里奇，十九岁半，他不想死。不要让他就这么死去啊！

我的思绪混乱。空气中石炭酸和烧焦的味道让肺部产生痰液，它像粥一样黏稠，令人窒息。

天黑了。凯梅里奇的脸已失去光泽。他从枕头上抬起头，脸色苍白，嘴巴轻轻动了一下。我向他靠近。他轻声说："如果你找到我的表，就把它送回家。"

我没反驳他，因为已经没有任何意义了。谁也说服不了他。我在无助中感到痛苦万分。他的额头和凹陷的太阳穴，除了牙什么都没有的嘴，尖尖的鼻子！还有家里那个哭泣的胖女人，我还要写信给她。多希望这封信已经写完寄走了啊！

医院的护理人员拿着瓶子和水桶到处巡视。其中一个走了过来，用探询的眼神看了看凯梅里奇，然后又离开了。他在等待，可能他需要这张床。

我向弗朗茨靠近，跟他说话，好像这样就能救他："也许你可以去到克洛斯特贝格别墅区的休养所，弗朗茨。在那儿，你可以从窗户看到田野尽头地平线上的两棵树。现在正是最美的时候，谷物都成熟了；傍晚的光把田野照得像珍珠母贝。还有克洛斯特小溪边上的白杨大道，我们以前还在溪边抓过刺鱼呢！那儿再建一个水族馆也不错，可以在里面养鱼。你也可以随时出去，不用问任何人。你愿意的话，还可以弹一会儿钢琴。"

我弯下腰看着他在阴影中的脸。他还在呼吸，很轻。他的脸是湿的，他在哭。我的蠢话引起了他美好的遐想！

"弗朗茨，"我扶着他的肩膀，把脸贴在他的脸上，"你现在想睡觉吗？"

他没有回答。泪水顺着他的脸颊流了下来。我想把他的眼泪擦干，但是手帕太脏了。

一个小时过去了。我紧张地坐着，仔细观察他的每个表情，想知道他是不是还想说些什么。真希望他能张开嘴大声喊出来啊！但他只是哭，头转向一边，什么都不说，也不提他的母亲和兄弟姐妹，这些已经离他远去了；他现在正与他十九年短暂的生命独处，他哭，是因为它也要离开他了。

这是我见过的最无助、最艰难的告别。虽然蒂德詹的情况也很糟糕——这样一个壮汉尖叫着要找他的妈妈，怒目圆睁地拿着刀不让医生靠近，直到他倒下。

突然，凯梅里奇呻吟起来，喉咙里发出呼噜声。

我跳起来，踉跄地走出去，问："医生在哪里？医生在哪里？"

当我看到穿白大褂的医生时，就紧紧地抓住他，"快点过来啊，否则弗朗茨·凯梅里奇会死的。"

他挣脱开来，问站在旁边的医护人员，"这是哪个病人？"

他说："二十六号床，腿被截肢了的那个。"

他骂骂咧咧地说："我今天截了五条腿，怎么知道这是哪个。"他把我推开，跟旁边的医护人员说，"你去看看吧。"然后就跑去手术室了。

往病房走的时候，我愤怒地颤抖着。那人看着我说："一个接一个的手术，从早上五点开始——老实告诉你，今天一天就有十六个人死掉了，你这是第十七个。今天肯定能有二十个。"

我身心俱疲，突然间什么也不能做了。我不想再骂人，因为这毫无意义；我想躺下，再也不起来了。

我们到凯梅里奇床边的时候，他已经死了。他的脸被泪水打湿，眼睛半睁着，像泛黄的老式牛角扣。

医护人员突然戳了我一下，"你要把他的东西带走吗？"我点了点头。

他继续说："我们得马上抬走他，这张床还有用。病人们都已经躺到外面的走廊了。"我拿着东西，解下他的兵籍名牌。医护人员还要求提供士兵证。我告诉他，证件可能在文书室，然后就离开了。他们已经把弗朗茨拖到了一块帐篷布上，就在我身后。

门外的黑暗和微风让我松了口气。我拼命地呼吸，风吹在脸上，我感受到前所未有的温情和柔软；脑子里突然

闪现出漂亮的姑娘、开花的草地和白色的云朵。我迈着大
步，越走越快，然后跑了起来。士兵们从我身边经过，听
不清他们在说什么，但却让我不安。大地充斥着力量，通
过脚底涌向身体。夜晚充斥着噼啪的枪声，前线炮火如同
一首协奏曲。我的四肢灵活地移动着，我能感觉到关节的
强壮有力，我大口喘气，我还能呼吸。夜晚还是很热闹，
我还活着。这时，饥饿感袭来，但这种感觉并不仅仅来
自胃。

穆勒站在营房前等我。我把鞋子递给他，进屋之后，
他就开始试鞋，结果非常合脚。

他从自己的储备里翻出一根干腊肠给我，还有朗姆酒
和热茶。

III

连队里的空缺很快就补上了，营房里的草垫不久后也被分给了别人。现在连队里有一部分老兵，还有二十五个新兵作为替补，大约只比我们小一岁。克罗普推了推我："你看到那些孩子了吗？"

我点点头。我们炫耀着去到院子里刮胡子，把手插进裤兜；那些新兵看着我们，一定觉得我们是铁石心肠的军人。

卡钦斯基也加入进来。我们溜达着穿过马厩，来到刚领完防毒面具和咖啡的新兵面前。卡特向其中年纪最小的那个问道："很久没吃过像样的东西了，对吧？"

他一脸无奈，"早饭是甘蓝①面包，中午是甘蓝炖菜，晚饭是甘蓝肉排和甘蓝沙拉。"

卡钦斯基娴熟地吹着口哨。"用甘蓝做的面包吗？那你们真走运，他们也会用锯末做面包。你觉得白豆怎么样，要不要来一份？"

男孩儿脸红了，说道："你别耍我了。"卡钦斯基没有解释，只对他说："带上你的餐具。"我们好奇地跟着他。他带我们到他床边，那儿放着一个大桶，里面确实有半桶白豆炖牛肉。卡特像将军一样站在他们前面说："睁大你们的眼睛，伸长你们的手指！这是普鲁士的口号。"

我们都很惊讶。"我的天哪，卡特，你是怎么办到的？"我问道。

"我用三块降落伞绸跟番茄换的。能给他减轻负担，他还很高兴呢。虽然凉了，但白豆的味道还是无可挑剔的。"

他像大善人一样给了男孩儿一份白豆，说道："下次再拿餐具到我这儿来的时候，记得左手要带上雪茄或者嚼烟。懂了吗？"

说完，他转向我们，"你们也一样。"

卡钦斯基对我们来说是不可或缺的人物，因为他有很强

---

① 小说的故事发生在 1917 年，这一年盟军的封锁严重影响了食物供应。士兵这句话的意思是三餐都只能吃甘蓝。

的第六感。

到处都有这样的人，但是一开始谁也不知道他们有这个能力。每个连队里也都有一两个。卡钦斯基是我认识的最精明的人。我猜想他的职业是鞋匠，但这并不重要，他什么都知道。和他做朋友是件好事。克罗普和我就是他的朋友，海伊·韦斯特斯基本上也属于我们这个圈子，但是他更像个工具人，因为他很听卡特的命令，在需要出力气的时候就会顶上去，对于这样的事，他也很在行。比如我们晚上到了一个完全陌生、破旧不堪的地方，宿营地定在刚刚才布置好的又小又黑的工厂里，与其说有床，其实不过是个床架，再加上几块缠着铁丝的木板。

铁丝网很硬。我们既没有铺在身下的毯子，又没有被盖。帐篷布实在太薄了。

卡特看着它，对海伊·韦斯特斯说："跟我来。"他们向完全陌生的村落走去。半个小时后，他们回来了，两只胳膊抱着满满的稻草。卡特找到了一个马厩，从那儿拿的稻草。要不是我们太饿了，立刻就能倒下睡个暖和的觉了。

克罗普向一个在这儿待了一段时间的炮兵问道："这附近有食堂吗？"

他笑着说："别做梦了！这儿什么都没有。连个面包皮你都找不到。"

"这里已经没有居民了吗？"

他吐了口口水，"也就几个吧。但他们也都在厨房的锅台边转悠，想讨点吃的。"

完蛋。我们现在只能勒紧裤腰带等明天了。

但我看到卡特戴上了帽子，忙问道："卡特，你要去哪儿？"

"我去附近看看。"他溜达着走了出去。

炮手嘲讽地笑了笑，"赶快去吧！可别扛回来太多东西再把腰给扭了。"

我们失望地躺下，考虑着要不要啃点铁。但这风险太大，于是，我们试着先睡一小会儿。

克罗普掰断一根烟，递给我一半。特雅登给我们讲起他的家乡菜蚕豆炖五花肉，还吐槽说，不放马豆草的话味道就不对，秘诀就是应该把土豆、菜豆和五花肉放在一起炖，千万不能分开。有人已经开始抱怨，如果特雅登再不闭嘴的话，就把他变成马豆草。这时，屋子里安静了。只有几根蜡烛闪烁着微光，炮手时不时地吐几下口水。

当门被打开，卡特出现的时候，我们已经睡了一会儿了。他的胳膊下夹着两个面包，手里还拿着一沙袋血淋淋的马肉。我以为我在做梦。

炮手的烟斗从嘴里掉了下来，他摸了摸面包，"这真的是面包，还是热的呢。"

卡特没有接话。只要有面包，其他的都不重要。如果你把他放到沙漠里，我也相信他能在一小时之内找到枣子、烤肉和红酒来当晚餐。

他对海伊说："去劈柴。"

说着，他就从上衣里拿出一个煎锅，从口袋里掏出一把盐，还有一片肥肉；他把一切都想到了。海伊在地上生起了火。火焰在光秃秃的工厂大厅里噼啪作响。我们都从床上爬了起来。

炮手犹豫了。他在想要不要说点好话，或许还能分到点东西吃。但卡钦斯基只把他当空气，看都没看他一眼。这种情况下，他就只能骂骂咧咧地走开了。

卡特知道怎么把马肉煎得嫩——煎之前，必须先把马肉在水里煮一会儿，直接放到平底锅上煎就会变硬。我们拿着餐具蹲成一圈，终于填饱了肚子。

这就是卡特。无论何时何地，就算只给他一小时让他找吃的，他也会在这一小时内如有神助般，戴上帽子，走到外面，像有指南针引路一样朝食物走去，然后找到它。

他什么都能找到：当天气寒冷时，他能找到小炉子和木柴、干草和稻草、桌子和椅子，但他最擅长的还是找食物。真的很神奇，你会认为这些都是他凭空变出来的。他的高光时刻是曾经找到了四罐龙虾罐头。但我们更希望是猪油。

我们躺在营房的阳面休息。空气中弥漫着焦油、夏天和汗脚的味道。

　　卡特坐在我旁边，因为他喜欢说话。我们今天中午练了一小时的军礼，就因为特雅登给少校敬礼时有些漫不经心。卡特才不想好好敬礼，他说："当心点吧，就因为我们太擅长敬礼，才打了败仗。"

　　克罗普大步走了过来，光着脚，卷着裤腿。他把洗好的袜子放在草地上晾干。卡特抬头看了看天空，听到了巨大的声响，若有所思地说："每颗小豆子都会发出自己的声音。"

　　他们两个人开始辩论，顺便对我们头顶正在进行的飞机大战打了个赌，赌注是一瓶啤酒。

　　卡特没有被说服，作为一名前线老兵，他押着韵，表达了自己的观点："同样的报酬，同样的食物——战争早已被遗忘。"

　　跟卡特不同，克罗普是个思想家。他建议，宣战日应该被视作一种民间节日，就像斗牛场一样，要收门票，还要配乐。在竞技场上，两国的部长和将军们应该穿着泳裤，拿着棍子互相攻击。谁最后还活着，谁的国家就赢。这不比让一堆和战争不相干的人在这儿打仗要更容易、更好吗？

　　大家对他的建议都很满意。随后，话题转到了军营训练上。

　　我想到了这样一幅画面。正午的炎热炙烤着军营的院子，广场上散发着热气，整个军营安静得好像空无一人。一切都在沉睡。只能听到鼓手在练习——他们在某处排好队，敲着鼓，笨拙、单调、沉闷。三者结合起来像个和弦：正午的热浪、军营的院子和练鼓的声音。

军营的窗户是暗的，朝里面看，什么也没有。有几个窗户前还晾着帆布裤子。大家都渴望地朝那边看，因为房间里很凉爽。

看哪，那昏暗发霉的下士房间里有铁制的床架、叠成方块的铺盖、储物柜和凳子！我们热切地期待着能回到这样的屋子里；出门在外的时候，这些对我们来说已经意味着家的气息了：不新鲜的食物的味道，熟睡后的味道，烟的味道和衣服的味道。

卡钦斯基充满感情、绘声绘色地描述着它们。我们要付出怎样的代价才能回到这样的房间啊！其他的都是奢求，我们想都不敢想——

清晨的指导课——"怎么拆解98式步枪？"

下午的体操课——"会弹钢琴的出列，向右转，到厨房报到，削土豆。"

我们沉浸在回忆中。克罗普突然笑着说："在洛恩①换车。"

在我们下士圈子里，这是最受欢迎的游戏。洛恩是一个换乘站。为了让回乡探亲的士兵不迷路，希梅尔斯托斯在

———————————

① 位于奥斯纳布吕克东部的小镇。

军营的房间里和我们一起练习换车。我们得记住，到洛恩后需要通过一个地下通道才能找到中转火车。当他下达了命令——"在洛恩换车"后，我们就得立刻从床的一边爬到另一边，一练就是几个小时。

就在这个时候，那架德国的飞机已经被击落。它像一颗彗星，在一缕烟雾中向下坠落。克罗普因此输了一瓶啤酒，闷闷不乐地数着自己的钱。

在克罗普平复了失望的情绪后，我说："希梅尔斯托斯当邮递员的时候肯定是个谦虚的人，但为什么当了军士以后就变成了虐待狂呢？"

这个问题又让克罗普活跃了起来，"不只希梅尔斯托斯，很多人都是这样。打个比方，军装上加了绶带或者手里拿着佩刀，就能让他们变成另一个人，好像连混凝土都能啃得动。"

"这就是制服的原因。"我猜测道。

"差不多吧。"卡特说着，准备开始发表他的演讲，"但原因在于其他方面。想象一下，如果你训练一只狗吃土豆，然后再给它一块肉，它仍然会抢着吃，因为这是它的天性；如果你给一个人一些权力，他也会这样做，他会抢夺它。这是很自然的，因为人本来就是一个野兽，仅有的一点体面就像抹在面包片上的猪油。在部队里，总会有一个人的权力凌驾于另一个人之上。坏的地方就是，每个人的权力都太大

了：士官可以折磨士兵，少尉可以折磨军士，上尉可以折磨
少尉，以至于到最后，他们都疯了。因为他们知道这里就是
这样的，所以很快就习惯了。就拿最简单的事来说吧：我们
从阅兵场回来，累得跟狗一样。这个时候却被命令：唱歌。
好吧，大家有气无力地唱着歌，其实这时候大家还算高兴，
毕竟还能扛起枪。谁知道这个时候整个连队却被要求返回，
还被罚了一小时的军事演习。在回程的路上又被命令：唱
歌。这次的军歌就唱得很嘹亮。这一切的目的是什么？连长
说一不二，因为他有权力这样做。没有人会训斥他，相反，
人们会认为他很严格。这只是一件小事，他们还在许多其他
的事上折磨人。现在我来问你们：要是不当士兵，随便做什
么，会有什么职业可以让他这样做而不被打吗？只能在军队
里。你们看看，这里会让每个人都变得狂妄。作为平民的他
话语权越小，作为军官的他就会越傲慢。"

"这就是所谓的纪律。"克罗普漫不经心地说。

"他们总是有理由，"卡特大吼道，"可就算是这样，也
绝不能刁难人。部队里大部分人都是锁匠、农民和工人，你
想让这些可怜的步兵懂纪律，而他们只能看到自己被折磨，
趴在地上训练；其实他们心里很清楚，什么是必要的，什么
是不必要的。我告诉你们，每个普通士兵都在忍耐，这真让
人生气！真的气死我了！

大家都觉得卡特说的有道理，因为每个人都知道，只

有到达前线战壕时，演习才能停止；只要退下前线哪怕几公里，折磨就又开始了，可能是毫无意义的训练，也可能是敬礼和阅兵式行进。因为这是一条铁律：士兵无论何时都不能闲着。

这时，特雅登显得有些激动，脸通红，结结巴巴地说："希梅尔斯托斯正在来的路上。他来前线了。"

特雅登心里十分怨恨希梅尔斯托斯，因为在军营中，希梅尔斯托斯总是用自己的方式来教育他。特雅登有尿床的毛病，晚上睡觉的时候经常会这样。希梅尔斯托斯知道后，武断地认为，这是懒病，然后就给特雅登找了个治病的方法。

希梅尔斯托斯在邻近的军营里找到了一个叫肯德法特的人，他也有尿床的毛病，于是就让他跟特雅登睡在一起。营房里放着普通的床架，他下令把一张床叠放到另外一张床上，床底都是铁丝做的。希梅尔斯托斯让一个人睡在上面，另一个人睡在下面。睡在下面的人肯定要遭罪了。第二天晚上，两个人再互换床位，睡在下面的人搬到上面，这样就能报仇了。这就是希梅尔斯托斯口中的自我教育疗法。

这个做法很卑鄙，但不失为一个好主意。可惜它不管用，因为前提错了：导致他们尿床的并不是懒惰。任何人在看到他们苍白的脸时，都能发现这一点。最后，这场闹剧以其中一人睡在地板上而结束，但这样一来，睡在地上的人却很容易着凉。

海伊也在我们旁边安顿下来。他对我眨眨眼，虔诚地搓着手。我们一起经历了军队生活中最美好的一天。那是出发的前一天晚上。我们被分配到一个新建的团中，但在这之前，我们被命令回到部队领军装，不是去新兵仓库，而是去另一个营房。第二天一早我们就要出发。这天傍晚的时候，我们打算去找希梅尔斯托斯，几周前，我们就发誓一定要找他算账。克罗普想得更长远，他计划在战争结束后就去邮局工作，如果希梅尔斯托斯以后重操旧业，那自己就能成为他的领导；他陶醉在如何折磨他的幻想中。正是因为这些，希梅尔斯托斯才无法让我们屈服；我们一直都在盘算着，战争结束前肯定要修理他一顿。

狠揍他一顿的时机到了。反正他不知道我们是谁，明天一早我们就走了。

我们知道他每天晚上在哪个酒馆喝酒。从酒馆到军营，必须穿过一条又黑又荒凉的街道。我们就在那条街的石头堆后面埋伏着等他。我还带了一个床单。我们激动得发抖，希望他能落单。终于，我们听到了他的脚步声，这声音对我们来说再熟悉不过。每天早上听到这讨厌的脚步声后，门就会被打开，然后就是一声大喊："起床！"

"就他自己！"克罗普低声说。

"一个人！"我和特雅登蹑手蹑脚地绕过石堆。

希梅尔斯托斯的皮带扣在反光。他哼着歌，似乎有点醉了，毫无察觉地走了过去。

我们抓起床单，跳了起来，从后面蒙住了他的头，再把床单拉下来，这样他就像套在一个白色的麻袋里，抬不起手臂。歌声停止了。

随后，海伊·韦斯特斯也过来了。他伸出双臂把我们推到后面，只为第一个揍希梅尔斯托斯。他享受地摆着姿势，高高举起的手臂像一个信号杆，一只大手就像一个大煤铲，朝白布袋上猛击一拳，简直可以打死一头牛。希梅尔斯托斯在地上滚了几圈，开始破口大骂。我们早就想到他会大叫，就随身带了个枕头。海伊蹲下身子，把枕头放在膝盖上，抓住希梅尔斯托斯的头，把他按到枕头上。叫喊声立刻就变小了。海伊不时让他透口气，于是，他又开始咕噜着大声喊嚷，然后，就又没声了。

特雅登解开了希梅尔斯托斯的背带，拉下了他的裤子，还用牙齿咬住打人的鞭子，然后站起身来，准备动手。

这真是一个美好的画面：希梅尔斯托斯躺在地上，弯着腰，头闷在膝盖上，海伊露出魔鬼般的笑脸，饶有兴致地半张着嘴。希梅尔斯托斯抽搐着，他只剩下条纹内裤，每被打一下，他的 X 型腿就会不由自主地颤抖一下，不知疲倦的特雅登就像一个伐木工，得把他拉开才能轮到我们动手。

最后，海伊把希梅尔斯托斯拽了起来，以个人表演作为收尾。他把右手举得老高，像要摘天上的星星，狠狠地给了希梅尔斯托斯一个耳光。希梅尔斯托斯翻倒在地。海伊又把他拽了起来，让他站好，用左手精准地给他来了第二下。希梅尔斯托斯号叫着，连滚带爬地逃走了。他的条纹内裤在月下发着光。

我们飞快地消失了。

海伊再次环顾四周，一脸残酷和满足，神秘地说道："复仇让人快乐。"①

希梅尔斯托斯其实应该高兴，因为他口中的那句"一个人必须永远教育另一个人"的鬼话在他自己身上结出了果实。我们，则是他的好学生。

他永远也不会知道是谁干的。不管怎么样，他还是得到了条床单；因为我们几小时后再去找的时候，什么也找不到了。

那天晚上是我们第二天早上能带着些许镇定离开的原因。一个胡子拉碴的家伙还因此激动地称呼我们为年轻的英雄。

---

① 源自莎士比亚的悲剧《圣诗复仇》中的名句。

IV

我们要去前面的战壕。天黑的时候载重汽车来了，我们爬了进去。这是一个温暖的夜晚，暮色像布一样包裹着我们，给人一种舒服的安全感。它让我们紧密相连，就连小气的特雅登都能给我递烟打火。

我们站在彼此旁边，紧紧挨着；没有可以坐着的地方。我们还是很不习惯。穆勒穿上了新鞋子，心情不错。

发动机嗡嗡作响，汽车轰隆隆地向前行进。街道受损严重，到处都是坑洞。上级说不让开车灯，所以我们驶进了坑里，差点从车里被甩了出去。没什么好害怕的，这能受多重的伤呢，胳膊断了总比肚子上穿个洞好得多，有些人还希望能趁着这样的好机会直接回家呢。

弹药运送队从我们身边长长地驶过。他们疾速地行驶，直接超过了我们。我们大声地跟他们开着玩笑，他们也报以回应。

不远处有一所房子，围墙清晰可见。我竖起耳朵仔细听着前方的动静。是我弄错了吗？我又听到了鹅叫；忙看了一眼卡钦斯基，他也回看了我一眼；我们对此达成了共识。

"卡特，我听到了食物的声音。"

他点点头，"回来后就动手。这里的情况我清楚了。"

卡特当然清楚，他对方圆二十公里内的每条鹅腿都了如指掌。

我们的车驶入炮兵区。炮兵阵地利用灌木丛进行伪装来降低空中能见度，就像军队里正在庆祝住棚节①一样。如果这些叶子不是覆盖在大炮上，那么一切看起来一定既有趣又安宁。

空气因为发烟剂和雾气而变得刺鼻难闻，甚至连舌头也能感觉到它的苦味。炮火向我们袭来，汽车在不停地颤动；回声紧随其后，雷鸣般地传向远方，一切都在摇晃。我们的神情在不知不觉间发生了变化。虽然现在不用进壕沟，只需找好掩体，但从每个人的脸上都能看出：这里就是前线，我们已经在敌人的攻击范围之内了。

---

① 住棚节是犹太教三大节日之一。在节日期间，犹太人必须修剪树木，用剪下来的树枝搭棚。

这不会让我们害怕。像我们这样经常上前线的人会心生一种钝感。只有年轻的新兵才会激动不安。卡特教育他们道："这是口径 30.5 厘米的榴弹炮，发射时你们就能听到它的声音——听，马上就来了。"

但轰炸的闷响并没有传过来，它被淹没在前线的嘈杂中。卡特听出来异样，说道："今晚会有猛攻。"

我们都在听。空气中充满不安。"英国士兵已经开火了。"克罗普说道。

枪声清晰可闻。那是英国的炮兵小分队，就在我们区的右边。他们提前一小时就开始进攻，而我们是十点整才开始。

"他们怎么了。"穆勒喊道，"肯定是表走快了。"

"我告诉你们，他们要展开猛攻，这是我的直觉。"卡特挺起肩膀。

在我们旁边，三架发射装置隆隆作响。火光斜射向烟雾中，大炮发出低沉的轰鸣。我们颤抖着，也为明天早上就能回到军营而感到高兴。

我们的脸不比平时苍白，也不比平时更红；我们的脸不比平时紧张，也不比平时松弛，但总感觉有些许不同。我们感到彼此的血液中已经产生了一种关联。这不是空话，而是真切的事实，正是前线引发了这种联系。在第一枚手榴弹呼啸而至时，在空气被猛烈的攻击撕裂时，我们的血液，双手和双眼都蓄势待发，潜伏着，保持着警醒和敏捷。整个身体都处于极度警觉状态。

这种感觉就像是震动着的空气从我们的身体中穿过一样；又像是前线发出的电流刺激到了我们的某一根神经。

每次都是同样的情况：我们出发，有时心情好，有时心情差；但一到炮兵阵地，我们谈话中的每个字似乎都变了音调。

卡特站在军营前说："有猛烈的轰击——"这就只是他的一个想法，说完了就完了；但当他在这里说出这句话时，就像月夜里锋利的刺刀，轻易地划开我们的意识，潜入觉醒的潜意识中，与它说了一句，"有猛烈的轰击"——也许这正是我们最深处、最隐秘的生命，它颤抖着，防卫着。

对我来说，前线就像一个可怕的旋涡。当你在平静的水面上时，虽然距离它的中心还很远，但已经能感觉到吸力在慢慢地把你拉向它，你无法逃脱，也无从抵抗。

而抵抗的力量却可以经由大地和空气流向我们——尤其是大地。没有谁能像士兵一样感受到大地的意义。当他长时间尽全力紧贴在地面上时，当他在战火中面对死亡的恐惧，将脸和四肢深深地埋进土里时，大地就像朋友，像兄弟，像母亲，用沉默和温暖来安抚他的恐惧和呐喊；它张开双臂接纳了他，一次又一次地给他十秒的时间奔跑，它让他活了下去，又让他回到自己的怀抱，如此往复不休。

大地——大地——大地——！

大地，你的褶皱、洞穴和凹陷，可以让我们蜷缩着得到掩护；大地，在恐怖的颤抖中，在毁灭的洪流中，在爆炸的死亡轰鸣中，给了我们足以与之对抗的力量，像旋涡中的逆流使我们获得生机。疯狂的猛攻几乎将我们摧毁殆尽，而经由双手，我们又从你那里逆流而回；我们这些被拯救的人藏于你的胸膛，每一个幸存的时刻，我们都怀揣着恐惧和一丝侥幸，沉默不语，用嘴唇亲吻你！

在炮弹的第一声轰鸣中，我们身体的某个部分好像突然回到了几千年前。动物的本能已经在身体里觉醒，它引导着我们，保护着我们。它存在于潜意识中，比有意识的反应更快，更安全，也更可靠。在你突然趴到低地时，头顶刚好飞过弹片；你想不起来是先听到榴弹飞过的声音还是先有卧倒的想法。这种本能无法解释，不过，你确实想也没想就那样做了。但如果只指望着它，那么你已经是一摊碎肉了。谁也不知道，身体中的这种敏锐的洞察力是怎样把我们拉向地面，在关键时刻拯救我们的。如果没有它，那么从弗兰德到弗格森①早就没人了。

我们出发时还是有感情的士兵——到达前线区域时，

———————————————

① 指整个战线，即从比利时的弗兰德到德国西南部的弗格森地区。

却变成了像人的动物。

一片贫瘠的树林收容了我们。安置好军用炉灶 ① 后，我们就到林子后扎营。车开走了，明天天亮前会来接我们。

草地上方的烟雾大概没到胸的位置。明月悬空，洒下一片银光。军队沿着公路行进，钢制头盔在月光下闪烁着微弱的光。白雾中，只能看到士兵的头和步枪，随着行进的步伐，他们的头上下起伏，枪管也跟着晃来晃去。

再往前走，雾气就淡了。这时便能看到士兵的身影了；上衣、裤子和靴子从雾中浮现，就像浸在牛奶中一样。他们排成一个纵队行进着，笔直向前，身影合并成一个楔形，灰突突地移动着，其中个体已无法辨别。诡异的是，在雾中还能看到涌动的人头和晃动的武器。只有队伍，人则消解其中。

轻型火炮和弹药车驶进十字路口。马匹脊背上的鬃毛在月光下闪耀，它们姿态优美，甩头时可以看到闪闪发光的眼睛。大炮和汽车掠过月光下模糊的山景，骑兵戴着头盔就像中世纪的骑士；画面很美，很动人。

我们正向先锋队进发。有的人把弯曲的尖头铁棍扛到肩上，有的则把光滑的铁棍用铁丝网穿起来。肩上的这些

---

① 形状类似可移动的拖车，里面有锅炉和生火的装置，供部队做饭使用。

东西很沉，压得人难受。

地形变得更加崎岖。前面传来消息："小心，左边有大坑！""小心，有水沟！"

我们聚精会神，用脚和棍子小心地试探前面的路，以免碰到别人扛着的东西。行进的队伍停了一下；一个士兵不住地抱怨着，因为他的脸撞到了前面的人的铁丝网。

几辆千疮百孔的车正向前行进。我们接到了新命令："把烟熄灭！"——已经接近战壕了。

天完全黑了。我们绕过一片小树林，前线就在眼前。

一个模糊的、红色的亮点从地平线的一端移向另一端。炮口火焰闪耀，亮光在不停地移动。信号弹直升天际，银色和红色的火球分裂成白色、绿色和红色的星星，像流星雨一样坠落。法军导弹射向空中，如同一把丝绸伞在空中展开，又慢慢下落。它把一切照得亮如白昼，也照在了我们的身上，现在在地上能清晰地看到人的影子。在它燃烧殆尽之前还会在空中盘旋几分钟，然后就会开启新的一轮，绿色的、红色的和蓝色的火光又会冲向天空。

"有麻烦了。"卡特说。

暴雨般的炮火声被一声沉闷的轰鸣替代，紧接着又变成散落在各处的低声闷响。机关枪噼啪作响，不绝于耳。头顶上的空气中充斥着士兵急速奔跑的声音，哀号的声音，子弹的呼啸声和嘶嘶声。这是一次杀伤力较弱的袭击；与此同时，在我们后方，重型炮弹响了一整个晚上。这种咆哮嘶哑、沉闷，就像处于发情期的牡鹿发出的吼叫，把袭击时的号叫声和子弹的呼啸声拉向了另一个轨道。

探照灯像一把巨大的尺子横扫过漆黑的天空，尾端的光逐渐变得模糊。其中一盏的光静止不动，只稍微颤抖了几下。第二支探照灯很快加入进来，它们的光交汇到一起。一架飞机如同黑色的昆虫在探照灯的光束中飞来飞去，试图逃脱；它有些慌乱，盲目地在空中绕圈。

每隔一段距离，我们就打下一个铁桩。一般是两个人拿着线丝网，其余人负责将它展开。这些带有密集长钉的铁丝网真是让人厌恶，总会把我的手划破。

几个小时后，我们就完工了。但在载重汽车到来之前还有一段时间。大多数人都躺下睡觉了。我也尝试着睡一会儿。但天气太冷，我们离海又近，总会被冻醒。

我睡熟了。在被突如其来的爆炸声震醒时，我一度不知道自己在哪儿。抬头看向天上的星星和导弹，有一种过节的时候躺在花园里睡觉的错觉。我不知道现在是清晨还是傍晚，我躺在破晓或者黄昏时被霞光染黄的摇篮里等待着一定会到来的轻声软语——我是在哭吗？我摸了一下眼睛，真奇怪，我还是个孩子吗？柔嫩的皮肤——这种错觉只持续了一秒，然后我便认出了卡钦斯基的身影。他，一个老兵，安静地坐在那儿抽着烟斗，当然是有盖①的。看到我醒了，他对我说道："吓了一跳吧！只是一个引爆器，它掉进灌木丛里去了。"

我坐了起来，突然觉得很孤单。有卡特在，真好。他若有所思地看向前线，说道："如果不那么危险的话，这可以说是一场漂亮的烟火表演了。"

炮弹击中了我们的后方。几个新兵被吓了一跳。几分钟后又发生一次攻击，比前一次离我们更近。卡特敲了敲烟斗，"有重火力。"

猛攻已经开始了。我们匆忙地匍匐着爬走。下一次的攻击或许就会到我们这儿了。

几个人尖叫起来。地平线上蹿出了几颗绿色导弹。泥土飞扬，弹片呼啸而过，炮弹的撞击声消失后仍能听到四下里传来的不绝如缕的响声。

我们旁边躺着一个受惊的新兵，他有一头浅金色的头发，用手捂住脸，头盔已经掉了。我把头盔帮他找了回来，想重新给他戴上。他抬起头，一把推开头盔，像个孩子似的钻到我的胳膊下，紧贴着我的胸口，瘦削的肩膀止不住地颤抖着。凯梅里奇也有这样的肩膀。

我让他依偎在我怀里。为了让头盔至少有些用处，我

---

① 带盖的烟斗看不到火光。

把它放在了他的屁股上，这不是在胡闹，而是因为这个位置比较特殊——虽然肉厚，但被子弹射中的话就会疼得要命，得整月趴在病床上，就算好了，也很可能会变成瘸子。

不知道又有哪个地方受到重火力攻击，炮弹声中夹杂着撕心裂肺的喊叫。

现在终于安静了。炮火已经转移到对面的最后一个储备战壕。我们冒险朝那边看了一眼——红色的导弹在天空中飞舞，一场攻击或许即将到来。

我们这边仍然很平静。我坐起身来，摇了摇新兵的肩膀，"都过去了，孩子！我们都还活着。"

他惊慌失措地四下张望。

我又对他说："以后会习惯的。"

他现在注意到了自己的头盔，赶忙拿起来戴在头上，慢慢地回过神来。突然，他的脸色通红，看起来有些尴尬。他小心地用手摸了摸屁股，痛苦地看着我。我立刻就明白了：他得了炮弹热①。其实，我并没有把头盔放在那个位置。我忙安慰他道："这一点也不丢人；不光是你，挺多人在第一次上战场后都拉裤子了。去把你的内裤扔掉。这不是什么大事——"

他不好意思地走了。周围依旧安静，但仍能听到呻吟

①另一种形式的炮弹休克，年轻士兵在战争中崩溃导致失去对肠道的控制。

声。"怎么回事，阿尔伯特？"我问。

"那边有几个小队被击中了。"

呻吟声还在继续。不是人的声音，人不会发出这样的声音。

卡特说："是受伤的马。"

我以前从未听过马的呻吟声，几乎不敢相信。这是人世间的悲叹，是被折磨的生灵带着原始、可怕的痛苦的呻吟。我们脸色苍白。直起身来，"谁能杀死它！快送它一程吧！"

德特林是个农民，很了解马。马的呻吟声让他很伤心。现在，炮火声停熄了，好像故意的一样。马的呻吟声听起来更加清晰了。在安静的泛着银光的林间，谁也不知道声音从哪里传来，看不见摸不着，却幽灵般地充斥在天与地之间，似乎要无限膨胀下去。德特林愤怒地咆哮着："快开枪，让它们痛快地死去吧，见鬼！"

"得先有人去才行。"卡特说。

我们站起来寻找马的位置。如果找到了这些动物，可能会更容易忍受现在的情况。我们看到一群在黑暗中抬着担架的医护人员、火光，还有一些又黑又大的到处乱跑的家伙，它们就是受伤和被烧伤的马。但并不是所有的马都在这儿，有几匹跑到了更远的地方，倒下之后又站起来继续奔跑。其中一匹马的肚子已经被流弹撕裂，肠子吊在外面，把马腿都绊住了，但它摔倒后又爬了起来。

德特林举起枪瞄准它们。卡特却一把把他的枪打掉，"你疯了吗？"

德特林颤抖着把枪扔到了地上。

我们坐下来，捂住了耳朵。但这可怕的叫声、呻吟声和哀号声还是传进了耳朵，它仿佛能穿透一切。

我们都有一定的承受力，现在却冒了一身冷汗。我们想起身逃走，去哪儿都行，只要可以不再听到这可怕的呻吟。它们不是人，只是马，在不停地呻吟和哀号时一定很慌张吧，因为马在临死前通常是不会发出声音的。

医护人员放下了担架。然后便传来几声枪响。马抽动了几下就一动不动了。它们终于不再痛苦！但这还没有结束。他们没法靠近受伤的动物，它们因为害怕而四处逃窜，张大的嘴里全是痛苦。一匹马跪在地上，士兵给了它一枪——倒下了——又来了一枪。最后一匹马用它的前腿支撑着自己，像旋转木马一样靠抬起的前腿转圈，它的背部可能已经受伤。士兵跑过去，开枪打死了它。它慢慢地，顺从地，滑倒在地。

我们把手从耳朵上拿开，叫声已经停止，只能听到一声长长的、垂死的叹息。导弹和炮弹唱起了歌谣，星星还挂在天空——这一切都那么不可理喻。

德特林走了，咒骂道："我想知道，它们做错了什么。"

他又折回来，声音有些激动却很严肃，"我告诉你们：让动物卷入战争是最卑劣的行为。"

我们准备回去。上车的时间到了。天蒙蒙亮，现在是凌晨三点，风清新又凉爽，这了无生气的时刻让我们的脸也显得苍白无比。

我们排成单列纵队前行，穿过战壕和弹坑，再次进入雾区。卡钦斯基坐立不安，这是个不好的迹象。"卡特，你怎么了？"克罗普问道。

"要是现在已经到家就好了。"家——他指的是军营。

"卡特，用不了很久的。"

他有些焦躁，"我不知道，我不知道——"

我们穿过交通壕，走进草地。一片小树林出现在眼前；我们了解这里的每一寸土地。前方是步枪连队的墓地，呈小山状，上面插了黑色十字架。

就在这时，身后传来了鸣笛声、爆炸声和轰鸣声，震耳欲聋。我们俯下身——前面一百米处升腾起滚滚浓烟。

在接下来的一分钟里，森林在第二次的攻击下被炸毁，三四棵树被撕成碎片。炮弹像锅炉阀门一样发出嘶嘶声——好强的火力啊。

"掩护！"有人喊道，"掩护！"

草地太平坦，森林又离我们太远而且危险——除了墓地中的土堆，没有任何遮蔽物。我们摸着黑跌跌撞撞地走过去，在土堆后面猛地趴下，紧紧地贴在上面。

我们刚做好掩护，黑暗就如海浪般疯狂地向我们袭来，波涛汹涌，怒不可遏。比黑夜更深沉的黑暗朝我们疾驰，像大山一样笼罩住我们。爆炸的火光在墓地上方跳动。

我们没有出路。顶着炸弹的闪光，我朝草地看去，此刻它已是一片翻腾的海洋，炮弹的火焰像喷泉一样喷涌而出，想摆脱它基本不可能。

森林消失了，它被炮火摧残，拉扯，直至粉身碎骨。我们只能待在墓地里。

前方的土地爆裂开来，泥块雨点般落下。我感受到一阵剧烈的摇晃——袖子被弹片划了个口子。我攥紧拳头，丝毫感受不到疼痛。但这并不能让我安心，因为疼痛总是后知后觉。我用手摸了摸胳膊，虽然有些划伤，但仍完整无损。我的头不知道被什么砸了一下，意识有些模糊，脑子里立即闪过一个念头：不要晕倒！陷入黑暗中后，我又立刻清醒过来。一个弹片击中了我的头盔；还好距离远，所以没有把头盔击穿。我擦掉眼睛上的泥。隐约看到前面被炸出了一个大坑，炮弹要击中同一个弹坑并不容易，我便躲到了里面。我向前跳跃，像鱼一样紧贴地面——这时又响起了鸣笛声，我迅速匍匐前行，伸手去找掩蔽物，感觉左边好像有什么东西，就往旁边挤了挤。地面断裂了，我叹了口气，气浪在耳边嗡嗡作响。我找到了那个掩蔽物，用它挡在头上，它可能是一块木头、一块布、一个盖子……就用这些蹩脚的掩蔽物阻挡从天而降的弹片吧。

我睁开眼睛，手指隔着衣袖紧紧抓住一只手臂。是一个伤者吗？我朝他大喊——没有回答——是个死者。我的手仍紧紧抓着他，摸到了一些木头的碎片——这时，我才又想起，我们已经在墓地里了。

但火力比任何时候都要猛烈。它让意识受创，我只能更深地躲在棺材里，它能保护我，即使死亡就在里面。

前面的弹坑被炸裂了。我的眼睛紧紧地盯着它，就像用拳头抓住它一样。只有一次机会，必须跳进去——这时，我的脸被打了一下，一只手抓住了我的肩膀——是死者又醒过来了吗？——这只手推了推我，我转过头，在几秒钟的光亮中，我盯着这张脸，是卡钦斯基，他张大着嘴朝我喊着，可我什么也听不见，他摇晃着我的肩，靠近我；在炮火声减弱的一刻，他的声音传入我的耳朵："毒气——毒气——毒气——把话传出去——！"

我扯出了防毒面具。离我稍远处还有一个人。我想的只是：他必须知道"毒气——毒气——！"

我大声喊叫，朝他靠近，用面具打他，但他还是没明白我的意思——我重复了一次又一次——他只是躲开了——这是一个新兵——我绝望地看向卡特，他已经戴上了面具——我把头盔放到一边，拿出自己的面具，戴在脸上。我够到了那个人，他的面具就在我的旁边，我拿起它，戴到了他的头上，他终于明白了——我松开手——飞快地跳回弹坑。

毒气弹低沉的闷响混合在炮弹的轰鸣中。爆炸声与金属撞击声中夹杂着预警的声音，它在向四面八方发出警告：毒气——毒气——毒气。

在我身后好像有呼气的声音，一个，两个。我擦了擦防毒面具镜面上的雾气，原来是卡特、克罗普，还有一个人。我们四个人处于高度紧张的状态，都在尽可能轻地呼吸。

面具是否密封，戴上后的最初几分钟就知道了，它能决定生死。在野战医院时，我见过可怕的场景：毒气病人会在连续几日的呕吐中把烧焦的肺一块一块地吐出来。

我小心地把嘴贴在呼气管上呼吸。现在，烟雾已经贴近地面并沉入所有的凹陷处。它就像一个柔软而宽大的水母，趴在弹坑里，舒展着身体。我推了推卡特：爬出去到上面趴着要比在弹坑里更好，因为毒气大部分已经沉到最下面。我们还没来得及上去，第二轮进攻就开始了，仿佛不是炸弹在咆哮，而是大地在怒吼。

随着一声巨响，一个黑色的东西朝我们俯冲而来，重重地砸到我们旁边，那是口被炸到空中的棺材。

我看到卡特朝那边爬了过去。棺材砸到了我们弹坑中另一个人伸出的手臂。他尝试着用另一只手去拿防毒面具。克罗普眼疾手快，猛地把他的手用力反扭到背后，死死按住。

卡特和我上前去处理断臂。棺材盖有些松动，已经被炸裂了，我们可以轻易地挪开它，把尸体扔到旁边，再试着让下面的部分松动松动。

幸亏这个人已经晕过去了，克罗普也可以过来帮忙。我们现在不需要那么小心翼翼，只要用铁锹把棺材撬起来就行。

天色渐亮。卡特拿了一块棺材板夹在受伤的手臂下，我们把自己所有的药物都用了上去。这是我们目前所能做的一切。

我戴着防毒面具，脑袋嗡嗡作响，头痛欲裂，肺部憋闷难忍，只能反复呼吸着面具下炽热的气体，太阳穴突突地跳，有种窒息的感觉——

天边一丝灰色的光照在我们身上。微风扫过墓地，我向弹坑的边缘挪了挪。在灰暗的破晓中，一条断腿横在我面前，靴子还完好无损，一切都清楚地映入眼帘。几米之外有人站了起来，我擦了擦眼罩，但因为我的激动喘息又蒙上了一层雾气，我看向那边——那个人已经摘掉了防毒面具。

又等了几秒——他没有倒下，而是探询地看向周围，走了几步——风吹散了空气中的毒气——，我喘着粗气扯掉面具，摔倒在地，空气像清凉的水一样流进我的身体，眼睛似乎都要爆裂开来，波浪淹没了我，把我带入黑暗。

炮火停息了。我转向弹坑，向其他人招手。他们也都爬上来，摘下了面具。我们拥抱了伤兵，其中一个人的胳膊还带着夹板。我们跟跟跄跄地快速离开了这里。

墓地已成为一片废墟。棺材和尸体散落在各处，他们又被杀死了一次；但这里每一个被撕成碎片的尸体都救了我们一条命。

栅栏东倒西歪，铁轨被炸毁，狰狞地凝视着空中。前面有人躺在地上。我们停下来；只有克罗普跟伤兵一起继续前行。

地上的人是个新兵。他的屁股鲜血淋漓，精疲力竭。我伸出手去拿水壶，里面是朗姆酒和茶。卡特挡住我的手，弯下腰问他："战友，你的伤在哪儿？"

他的眼珠转了转，但因为太虚弱而无法回答。

我们小心地剪掉他的裤子。他疼得呻吟不已。

"没事的，没事的，一切都会好的——"

如果他的伤在肚子上，那么就什么都不能喝。他没有呕吐，这就很好了。我们让他光着屁股，那里血肉模糊还露着裂骨。他还伤到了关节。这个年轻人永远也无法走路了。

我弄湿手指，擦拭他的太阳穴，给他喝了一口水。他的眼睛中流露出一丝感动。现在我们才发现，他的右臂也在流血。卡特把两卷绷带撕得尽可能宽，以便盖住伤口。我又找来布条缠了上去。我们没有其他的东西了，只能剪掉伤兵的裤腿，用他内裤上的一块布当绷带。但他没穿内裤。我仔细地打量他：这是之前那个有着浅黄色头发的男孩儿。

卡特从一个死者的口袋里找出来几个药包，我们小心翼翼地敷在了他的伤口上。年轻人目不转睛地看着我们，我对他说："我们现在要去找个担架来。"

他张开嘴，轻声说："不要走——"

卡特说："马上就回来。我们是去给你找担架的。"

没人知道他听没听懂；他像个孩子一样在我们身后呜咽："别走——"

卡特环顾四周，低声说："要不要给他一枪，让他解脱？"

这个年轻人很难在运送途中活下来，最多还能坚持几天。什么也救不了他，已经回天乏术了。现在他已经失去知觉，感受不到疼痛。一小时之后，他就会在无法忍受的疼痛中大喊大叫。对他来说，活着的日子就是剧烈的折磨。但我们中的任何人都不会从他的折磨中获得好处。

我点了点头，"行，卡特，给他一枪吧。"

"把枪递给我。"他说，站在那不动。他已经下定决心了，我看得出来。我们环顾四周，我们不再孤单——一群人正围在我们面前，从弹坑和墓穴中探出了头。

我们取来了一个担架。

卡特摇了摇头。"他还多么年轻啊！"——他重复道，"他还这样年轻，无辜的小伙子——"

我们的损失比预期的少：五人死亡，八人受伤。这次火力攻击时间不长。两名死去的战友躺在其中一个被炸毁的坟墓里；我们只需把他们挖出来。

我们无精打采地排成单列纵队往回走。伤兵被送到了急救站。早上天气阴沉，卫生员带着号码和字条跑来跑去，伤兵们则呻吟不止。天开始下雨了。

一小时后，我们抵达军车的位置，爬了上去。车上的空间比来时更加宽敞。

雨越下越大。我们撑开帐篷布盖在头上。瓢泼大雨浇在帆布上，顺着边缘从两侧流下。车在经过坑洞时颠簸得很厉害，我们在半梦半醒间来回摇晃。

车厢前面站着的两个人带着长长的叉棍。他们留意着横穿街道的电话线，这些线被架得很低，一不小心就会把我们的头割下来。这两个人负责用叉棍及时地把电话线举过我们的头顶。他们喊道："小心——有电线！"半梦半醒间，我们就这样蹲下又站起。

汽车单调地摇晃，喊声单调地响起，雨水单调地流淌。它流到我们的头上，流到前面死者的头上，流到屁股上伤口很大的新兵的头上，流到凯梅里奇的坟墓上，流到我们的心上。

轰炸声不知道在哪里再次响起。我们被吓得一激灵，眼睛紧张地盯向前方，双手再次做好越过汽车的围栏跳到路边的排水沟里的准备。

接下来什么也没发生。——只有单调的喊声："小心——有电线！"——我们蹲下来——又进入半梦半醒的状态。

V

当出现成百上千只虱子时，一次杀死一只就会很麻烦。这种小动物的壳有些硬，一直用指甲把它们弹走是一个无聊的差事。因此特雅登把一个鞋油盒盖用铁丝固定在燃烧着的蜡烛上。只需要把虱子扔进这个小平底锅里——在噼啪声中，它们就被干掉了。

我们围坐在一起，上衣搭在膝盖上，在温暖的空气中裸露着上身，手上不停忙活着。海伊处理的是一种特别精巧的虱子：它们的头顶有红色的十字。因此他说，这些虱子是从野战医院被带到图鲁特的，它们来自一个少校军医。他也会用铁皮盖子里慢慢积攒起来的油脂去给靴子上油，为着这个笑话，他大笑了半个小时。

但是今天他就没什么成就感；其他事情占据了我们太多时间。

谣言变成了事实。希梅尔斯托斯来了。昨天他就已经出现了，因为我们听到了他熟悉的声音。据说，他要带回几个新兵去犁过的田地训练，不巧的是，行政专区主席的儿子也在其中。这下他要倒霉了。

当他到这儿的时候一定会感到惊讶。对于他怎样回复上级，特雅登已经谈论了几个小时。海伊若有所思地看着他的大手，朝我挤了挤眼。上次的群殴是他的辉煌时刻，他还告诉我他经常会梦到那天的场景。

克罗普和穆勒正在聊天。克罗普是唯一一个装满一饭盒豆子的人，这些豆子可能是从先锋队的厨房里搞到的。穆勒看着眼馋，但还是控制住自己，问道："阿尔伯特，如果现在和平了，你会做什么？"

"没有和平！"阿尔伯特干净利落地回答。

"我是说如果——"穆勒坚持着，"你会做什么呢？"

"离开！"克罗普嘀咕着。

"那是当然了。然后呢？"

"大醉一场。"阿尔伯特说。

"别瞎说，我是认真的——"

"我也是认真的，"阿尔伯特说，"还能做些什么呢？"

卡特也对这个问题颇有兴趣。他跟克罗普索要了一些豆子，收下后想了很久后说："喝醉当然可以，不过就得赶下一趟车回老家了。哈，和平，阿尔伯特——"

他从油布钱夹里翻出一张照片，骄傲地四处展示着。"我家老太太！"随后，他把照片收好，咒骂道，"这该死的像虱子一样的战争——"

"你也行了，"我说，"有老婆，有孩子。"

"确实，"他点了点头，"我得保证他们能吃上饭。"

我们都笑了："缺不了的，卡特，你总能搞到吃的。"

穆勒饿了，对这些回答都不满意。他把海伊·韦斯特斯从美梦中叫醒。

"海伊，如果现在和平了，你会做什么呢？"

"他应该朝你的屁股踢一脚，因为你开始了这个话题，"我说，"这个问题是怎么来的？"

"牛屎是怎么跑到屋顶上的①？"穆勒简洁地回答道，重新转向海伊·韦斯特斯。

突然让海伊回答这样的问题，对他来说有点困难。他摇晃着长满雀斑的脸，"你是说战争结束了？"

"对。就是这个意思。"

"那就又会有女人了，是吗？"——海伊舔了舔嘴。

---

① 意思是什么奇怪的事情都会发生。

"会的。"

"我知道我会怎么做，"海伊说，眼前亮了起来，"我会给自己找一个又结实又热情的女人，一个大妞儿，明白我的意思吗？我要一把抱住她，直接上床！想象一下，你正躺在一个有鸭绒被的床垫上。我告诉你，朋友们，我八天都不会再穿上裤子了。"

所有人都不出声了。画面太美。我们的皮肤上起了一层鸡皮疙瘩。最后，穆勒鼓起勇气问道："然后呢？"

短暂的停顿后，海伊说了一些麻烦事："如果我是军士的话，就会待在普鲁士，然后投降。"

"海伊，你真是疯了。"我说。

他和气地反问我道："你挖过泥炭吗？可以试试。"说着，他把匙子从靴子里拿了出来，伸进阿尔伯特的饭碗里。

"肯定不会比香槟区①的战壕更糟糕。"我回答。

海伊边吃边冷笑："但需要更长的时间。想躲也躲不掉。"

"哈，但是能在家乡待着就很好了，海伊。"

"也好，也不好。"他说，大张着嘴陷入了沉思。

你可以从他那张脸上读出他的思想——那里有一间贫穷的荒地小屋，有从早到晚需在炎热的荒野中忙碌的繁重

---

① 法国的香槟区，位于埃纳河和马恩河之间。

工作，有微薄的工资，还有肮脏的雇工服……

"和平的时候待在军队里，什么都不用担心。"他告诉我们，"每天有饭吃，不然你就闹出点动静，每八天会像骑兵一样有干净的衣服，干着军士的活儿，有很多好东西——晚上，你就自由了，还能去趟小酒馆。"

海伊为自己的想法感到骄傲，简直沉醉其中，"干满十二年，你就能拿到退休证，去村里当个警察。一整天都能到处溜达。"

他期待着未来，激动得满头大汗，"想象一下，你会被虐得多惨。这个人敬你一杯白兰地，那个人让你喝半升。每个人都希望跟警察有个不错的交情。"

"你永远也不会成为军士，海伊。"卡特插话说。

海伊吃惊地看着他，沉默了。他现在想的一定是秋日里晴朗的夜晚，荒野停工的星期天，村子里的钟声，跟女人厮混的下午和晚上，带肥肉丁的荞麦煎饼，酒馆里无忧无虑的闲聊时光——

他不能立刻从天马行空的想象中回过神儿，所以愤怒地抱怨道："你们总是问一些这样的蠢问题。"

他套上衬衣，扣上了军服的纽扣。

"特雅登，你想做什么呢？"克罗普喊道。

特雅登只知道一件事，"我要保持警惕，不能让希梅尔斯托斯从我这儿逃走。"

他可能想象着把希梅尔斯托斯圈在笼子里，每天早上用棍子抽他。他激动地对克罗普说："我要是你，就去当个少尉。这样就能让他受训，直到他尖叫着求饶。"

"德特林，你呢？"穆勒继续钻研这个问题。他真是个天生的教师，就爱刨根问底。

德特林话不多，但在这个问题上他给出了答案。他目光游离，只说了一句话："我希望能赶上收割。"说完，便起身离开了。

他很担心，他的妻子得一个人管理农场，两匹马也被抢走了。他每天都会拿起送来的报纸看看奥尔登堡下没下雨。不下雨的话，她就不用搬搬扛扛那些干草了。

这时，希梅尔斯托斯出现了。他径直朝我们走来。特雅登脸色难看，直挺挺地躺在草地里，气呼呼地闭上了眼睛。

希梅尔斯托斯有点犹豫，他的步调放慢了，却还是走到了我们面前。所有人都没有打算起立。克罗普饶有兴味地看着他。

他现在已经来到我们面前，等待着。没有人说话，于是他开口了，发出了一声"嗯？"

几秒钟过去了，希梅尔斯托斯显然已经不知道如何是好。最好的方式就是命令我们立刻开始训练。但无论如何他也应该知道，前线不是军营大院。他试着把焦点集中在一个人身上，希望通过这种方式能得到回复。克罗普离他最近，所以非常荣幸地被选中了。

"嗯，你也在这儿？"

阿尔伯特对他并不友好。他简短地回答道："我想，比您在这儿的时间长。"

他红色的胡子颤抖着，"你们是不是不知道我是谁？"

特雅登睁开了眼睛，"当然知道。"

希梅尔斯托斯转向他："这不是特雅登吗？"

特雅登抬起头，"你知道你是个什么东西吗？"

希梅尔斯托斯呆住了。"什么时候开始用'你'①来称呼了？我们可从没一起趴过壕沟。"

他对现在的情况一无所知。这种公开的敌意是他没有预料到的。但他暂时还很平静；肯定有人跟他开过玩笑，说过要朝他的后背开上几枪之类的话。

在讲到趴壕沟这个话题的时候，特雅登因为生气而变得口不择言，"不，当时就你自己在那儿。"

希梅尔斯托斯彻底被激怒了。特雅登立即先发制人，他必须说出他的格言，"你是个什么东西，你想知道吗？你就是个浑蛋，这就是你！这些话我已经忍很久了。"

---

① 在德国，上下级的关系一般都用"您"来称呼，除非上级允许用"你"，否则不能轻易使用，显得不礼貌。后文中希梅尔斯托斯都用"您"来称呼特雅登，就是为了跟他保持距离，强调二人上下级的关系。

在吐出"浑蛋"这两个字的时候，几个月里积攒下来的怨恨让特雅登那双像小猪一样的眼睛闪闪发光。

希梅尔斯托斯现在也很生气："你要干什么，疯狗，你这个狗娘养的？长官跟您说话的时候，您得起立，抬头，挺胸，收腹！"

特雅登夸张地招了招手，"你可以过来摸摸，希梅尔斯托斯。解散。"

希梅尔斯托斯已经变身为一本狂暴的军事法典，比皇帝还不容冒犯。他吼道："特雅登，现在我以长官的身份命令您：起立！"

"还有其他事吗？"特雅登问。

"违抗我的命令，您能承担后果吗？"

特雅登从容应答，他不知道，还在不经意间引用了一句最经典的名言①。同时，他还放了个屁。

希梅尔斯托斯怒气冲天："您等着上军事法庭吧！"

我们注视着他消失在前往办公室的方向。

海伊和特雅登笑出了猪叫。海伊甚至笑到下巴脱臼，只能无助地张着大嘴站在那儿。阿尔伯特给了他一拳才让其下巴归位。

卡特很担心，"如果他去举报你，那就糟了。"

---

① 这句最经典的名言取自歌德的戏剧《格茨·冯·贝利辛根》："告诉他，他可以舔我的屁股！"

"你觉得他会这么做吗？"特雅登问。

"肯定会。"我说。

"你至少得关五天禁闭。"卡特解释道。

但这并没有让特雅登动摇，"五天禁闭就是五天清净。"

"要是给你关到监狱去呢？"穆勒问得更彻底。

"那在这几天里战争就远离我了。"

特雅登是个乐天派，什么都不会让他忧虑。他跟海伊和勒尔一起离开，这样他就不会被那个气急败坏的人发现。

穆勒的问题还没结束。他又转向克罗普，"阿尔伯特，如果你真的回家了，你会做什么呢？"

克罗普吃饱了，变得好说话些，"我们班现在还剩多少人？"

我们计算了一下：二十人中有七人死亡，四人受伤，一个人被送去精神病院。最多十二个人。

"有三个人已经是少尉了，"穆勒说，"你认为他们还会让坎托雷克骂吗？"

肯定不会；我们也绝不再让人训斥。

"你觉得《威廉·退尔》①的三条情节线怎么样？"克罗普突然想起来，大笑着喊道。

---

① 弗里德里希·席勒的剧本，威廉·退尔是瑞士民间传说中的英雄。

　　"哥廷根林苑派①的目标是什么？"穆勒问道，神情突然变得严肃。

　　"勇敢查理②有几个孩子？"我平静地反问。

　　"您这样的这辈子也不会有孩子，鲍默。"穆勒刻薄地回答。

　　"扎马战役③是什么时候？"克罗普想知道。

　　"克罗普，您太不严肃了，请坐下，3减④——"我拒绝了他的提问。

　　"吕库古⑤认为国家最重要的任务是什么？"穆勒低声问道，并推了推他的夹鼻眼镜。

　　"是不是我们德国人比世界上的任何人都更加敬畏上帝，或者我们德国人——"我问。

　　"墨尔本有多少人口？"穆勒反问道。

　　"这个都不知道，你是怎么活下来的？"我生气地问阿尔伯特。

　　"怎么理解内聚力？"他做出回击。

　　对于这些没用的知识，我们再也不像以前那样熟记于

---

① 也被称作盛林同盟，成立于 1772 年，是德国的诗歌流派，反对启蒙运动的理性，崇尚友情，热爱自然，热爱生活。

② "勇敢查理"是勃艮第公爵，因 1477 年鲁莽战死而得名。

③ 发生于公元前 202 年的扎马平原，罗马人获胜。

④ 德国的评分体系，1.0 为优秀，4.0 是及格。3减相当于 3.25。

⑤ 古希腊政治人物，斯巴达王族。

心了，毕竟这对我们一点用也没有。在学校里，没有人会教我们如何在风雨中点烟，如何用潮湿的木头生火，如何把刺刀捅向肚子，因为捅到肋骨的话，会很容易卡住。

穆勒若有所思地说："有什么用呢，我们终究是要回去上学的。"

我认为绝无可能，"也许我们会有一场考试。"

"你得准备啊。就算通过考试，然后呢？当个大学生也没好到哪儿去。没有钱的话，还得拼命读书。"

"这也挺好的。但他们往你脑子里灌的还是一堆废话。"

克罗普一针见血地说："我们都身在他乡，怎么可能认真对待这个问题呢？"

"但是你以后总得有个工作吧。"穆勒反驳道，仿佛他就是坎托雷克本人。

阿尔伯特用小刀清理指甲。我们有些惊讶，他居然还挺注意个人卫生。但他做这个动作时只是在想事情。他放下小刀，解释说："确实是这样。卡特、德特林和海伊可以重操旧业，希梅尔斯托斯也一样。但是我们以前没工作过。在这之后——"他做了一个冲向前线的动作，"我们要怎样去适应一个新工作呢。"

"可以靠退休金维生，然后能一个人住在森林里——"说完，我立即为这种自大而感到羞愧。

"我们回去后会是什么样呢？"穆勒说，他也被触动了。

克罗普耸了耸肩，"我不知道。只有发生了，才能知道。"

所有人其实都很茫然。"那能做什么呢？"我问。

"我对什么都没兴趣。"克罗普疲惫地回答，"说不定哪天就死了，想这些干什么？我不信我们能活着回去。"

"当我想到这些的时候，阿尔伯特，"我翻了个身，继续说，"当我听到'和平'这个词，并且它已经成真的时候，我想做一些无法想象的事，这就是我脑子里想的。一些有意义的事，你知道的，能配得上现在你所经历的一切苦难的事。目前，我还想不出什么来。而我能看到的存在于未来的所有的可能性，就只是在工作、读大学和挣钱这些事中忙忙碌碌——我感到恶心，因为这些东西一直没变，让人反感。我想不出来——我想不出来，阿尔伯特。"

突然间，一切都变得毫无希望，一地绝望。

克罗普也在思考这个问题，"这对我们所有人来说都是困难的。难道在家待着的人就不会担心吗？两年的战争，到处都在开火、扔手榴弹——你不能像脱袜子一样把它甩掉，在这之后——"

我们同意他的话，每个人的情况都很相似；不仅是在军队里的我们；到处都一样，每个有相同处境的人，都有不同程度的担忧。这是我们这一代人的宿命。

阿尔伯特说：“战争把我们的一切都毁了。”

他是对的。我们不再是年轻人。我们不再意气风发地向这个世界奔去。我们都在逃避，在逃避自己，也逃避生活。我们十八岁，才开始爱上这个世界，却不得不向它开枪。第一颗手榴弹深深击中了我们的心。我们被隔绝在有所作为、努力和进步之外。我们不再相信它们；我们只相信战争。

办公室里很热闹。希梅尔斯托斯似乎想提醒我们一切还没完。胖子军士长在前面一路小跑。说来也奇怪，所有正规军的军士长都是胖子。

他后面跟着渴望复仇的希梅尔斯托斯，他的靴子在阳光下闪着光。

我们站起身来。军士长气喘吁吁地问道：“特雅登在哪儿？”当然没人知道了。希梅尔斯托斯生气地瞪着我们。

“你们肯定知道，就是不想说。快说！”

军士长四处张望；在哪儿也找不到特雅登。他又巡视了一遍，“特雅登必须在十分钟之内到办公室报道。”

说完，他就走了，希梅尔斯托斯跟在他身后。

“我有种感觉，下次到战壕的时候，我会把铁丝线圈砸到希梅尔斯托斯的腿上。”克罗普设想着。

“我们还会在他这儿找到很多乐趣。”穆勒笑道。

这就是我们的野心：让这个邮差不再那么自大。

我走进营房，告诉特雅登赶快离开。

随后，我们就换了地方，又躺下来一起玩牌。因为这些是我们能做的：打牌，咒骂和打仗。这些对二十岁的我们来说并不算很多——但又太多了。

半小时之后，希梅尔斯托斯又到我们这儿来了。还是没人理他。他四处询问特雅登的去处。我们都耸了耸肩膀。"你们也应该把他找回来。"他坚持说。

"为什么用'你们'？"克罗普问道。

"就是你们几个——"

"请您不要用'你'来称呼。"克罗普说这句话的时候像个上校。

希梅尔斯托斯愣了一下，"谁用'你'来称呼你们了？"

"您！"

"我？"

"对。"

这些话在他身上起了作用。他斜眼看向克罗普，眼神中充满怀疑，因为他不知道克罗普到底是什么意思。毕竟在这个时候他不敢把事情闹大，只能向我们妥协。"你们还没找到他吗？"

克罗普躺倒草地上说："您以前来过这儿吗？"

"这与您无关。"希梅尔斯托斯说，"请回答我的问题。"

"可以。"克罗普回答，然后起身，"您看看那边，有云的那块。那些是高射炮的炮弹落点，也是我们昨天的位置。五人死亡，八人受伤。那儿还真挺有意思的。您下次跟着一起去的时候，军队里的士兵会在他们死之前站在您的面前，抬头，挺胸，收腹，声音洪亮地向您请示：'请求撤退！请求牺牲！'我们都在等像您这样的人。"

说完，他又坐下来，希梅尔斯托斯像彗星一样消失了。

"三天禁闭。"卡特猜测道。

"下次换我来说。"我跟阿尔伯特说。

但事情已经结束了。晚上集合的时候就开始了审讯。贝尔廷克少尉坐在办公室里，一个接一个地喊我们的名字。

我也必须作为证人，解释特雅登顶撞上级的原因。尿床的事被重新提起，希梅尔斯托斯也被叫过来，我又重复了一遍证词。

"这是真的吗？"贝尔廷克问希梅尔斯托斯。

当克罗普也提供了同样的说辞后，他支支吾吾，终于不得不承认。

"为什么当时没人报告呢？"贝尔廷克问道。

我们沉默了。他知道，抱怨这样的小事的目的是什么。在军队里真的可以抱怨吗？他弄清楚了整件事，并且责备了希梅尔斯托斯；贝尔廷克再次让他明白，前线并不是军营的院子。随后就轮到了特雅登，他被训诫了一番，罚以三天中级禁闭。贝尔廷克向克罗普递了一个眼色，给了他一天的禁闭。

"没有办法。"贝尔廷克遗憾地对克罗普说。他向来正派。

中级禁闭还是挺舒服的。关禁闭的地方曾经是个鸡场；他们两个人都可以在那儿接受探视。以前我们就知道去那儿的路，不过，高级禁闭就得到地下室了。我们曾经还被绑到树上，但现在已经禁止这种做法了。有时，我们也能被当作人来对待。

在特雅登和克罗普被关在铁丝网后的一小时，我们就出发去探视他们了。特雅登高声跟我们打招呼。后来，我们玩斯卡特直到半夜。最后，当然是特雅登赢了，这个愚蠢的滑头。

出发时，卡特问我："你觉得烤鹅怎么样？"

"不错。"我觉得。

我们要去跟弹药运送队会合。路上每人会得到两支烟。卡特已经完全记住了这个地方。鹅圈归一个团的指挥部管。我决定去把鹅偷过来，还想了对策。鹅圈在墙后，只有一个木桩用来顶门。

卡特伸出手，我把脚踩上去，翻过了墙。卡特留下放哨。

为了让眼睛尽快适应环境，我在黑暗中站了几分钟，没多一会儿就能辨认出鹅圈的方位了。我蹑手蹑脚地靠近，摸索着木桩，把它挪到一边，打开了门。

我看到两个白点，有两只鹅。如果抓到一只，那另一只肯定会叫，这就糟了；要是足够快，就能抓住两只，那这事儿就成了。

我一跃而起，抓住了一只，一会儿又抓住了第二只。为了让这两只鹅能晕过去，我像疯了一样把它们的头往墙上撞。但我的力气不够大。这两头野兽低声叫着，扑腾着脚和翅膀，拼命挣扎。我痛苦地跟它们对抗，天哪，鹅怎么有这么大的力气！它们拉扯着我来回晃动。黑暗中，这两团白色的东西显得狰狞不已，它们的翅膀击中了我的胳膊。我差点就开始担心它们会把我拽向空中，就像手里拿着几个阻塞气球一样。

这时，响声变大了：一只鹅大口喘着气，发出像闹钟一样的咯咯叫声。还没等我意识到有脚步声向我靠近，就已经被撞倒在地，紧接着，我听到了愤怒的低吼。原来是一只狗。我歪头一看，它是想咬住我的脖子。我立刻一动不动，用力把下巴贴向衣领。

这是一只德国獒。似乎过了很久，它才把头收回去，坐在我的旁边。只要我轻轻地动一下，它的喉咙就会发出呼噜声。我想了想，现在唯一能做的就是拿出我的小左轮手枪。无论如何，我都得在有人来之前离开。我缓慢地把手移向枪的位置，每次只几厘米。

这个动作好像持续了几个小时。只要我稍微一动，狗就会发出危险的吼声。我就只能一动不动，过一会儿再试。在握住左轮手枪的时候，我的手开始颤抖起来。我把手按在地上，心里默念：迅速举起枪，在它向我扑来之前就开枪，然后逃走。我慢慢地吸气，稳了稳神。然后，我屏住呼吸，快速举起手枪，砰的一声，德国獒大叫着跳到一边，嘴里发出呜呜的叫声。我堵在鹅圈的门口，还被一只要逃跑的鹅绊了一跤。

我赶快抓住了它，用力把它扔出墙外，自己也爬了上去。还没等我翻过去，德国獒就又猛地朝我扑了过来。我迅速跳下墙去。卡特站在十步开外，怀里抱着鹅。他一见到我，我们就赶紧逃跑了。

终于能喘口气了。鹅已经死了，卡特很快就把它解决了。我们怕被其他人发现，所以想立刻就把它烤了。我还从兵营里带出锅和木头，溜到一个没人的小仓库里，这是专门为干这样的事儿准备的。那里唯一的一扇老虎窗被我们遮得严严实实，我们搭了一个炉灶，在砖上放个铁盘，点着了火。

卡特给鹅拔完毛，准备烹制。我们小心地把羽毛放在一边，打算用它做两个小枕头，还要在上面写字："战火中温柔的安宁！"

前线的炮火在我们的避难处四周轰鸣。火光在我们的脸上闪烁，影子在墙上起舞。沉闷的撞击声不时传来，接着，小仓库就不停地摇晃。是空投炸弹。我们听到了低沉的叫声。某个军营肯定被击中了。

飞机呼啸而过，机关枪的嗒嗒声变得响亮。但是一点亮光也没从我们这里透出去。

午夜时分，我们就这样面对面坐着，卡特和我，两个穿着破烂上衣的士兵，其中一个在烤鹅。我们不怎么说话，但我们对待彼此却比我想象中的热恋情侣更加温柔。我们是两个人，两个微弱的生命火花，外面是漆黑的夜，也是死亡地带。我们坐在它的边缘，在危险和安全的交界处，油脂滴到我们的手上，我们的心紧紧相连，此刻就像这个房间一样：光与影在温柔的火光中来回穿梭。他知道我心中所想——我知道他心中所想，而以前，我们的想法完全不同——现在我们坐在一只鹅的面前，感受着我们的存在；我们靠得如此之近，一句话也不用多说。

即使鹅又嫩又肥，烤熟它也需要很长的时间。所以我们俩轮流着烤。一个人往鹅肉上浇汁，另一个就睡觉。香味慢慢地飘了出来。

外面的噪声像音乐一样传入我的耳中，催我入梦，但梦里的我还没有完全失去记忆。半梦半醒间，我看到卡特举起匙子，又把它放下。我喜欢他，喜欢他的肩膀，喜欢他笨拙佝偻的身影——这时，我看到他身后的森林和星星，仿佛有一个美妙的声音在跟我说话，让我平静。我，身为士兵的我，一个穿着大靴子、系着腰带、拿着粮袋，在苍穹下行走的十分渺小的我，一个健忘又很少悲伤的我，一个在巨大的夜幕下一直孤身前行的我。

一个渺小的士兵和一个美妙的声音，如果有人抚摸他，他可能会有些恍惚。这个穿着大靴子，心里被填得满满的的士兵，只知道前进，因为他穿着靴子，除了前进，已经忘掉了一切。地平线上不是有鲜花和美景吗，士兵？它们安静得让他想哭。那里不是还有他尚未失去的世界吗？尚未失去只是因为不曾拥有，一切都那么令人不知所措，但对他来说都已经过去了吗？那里不正是他的二十岁吗？

我的脸湿了吗，我现在在哪里？卡特站在我面前，他弯着腰的巨大影子像家一样覆盖着我。他轻轻地说话，朝我笑了笑，又走回火堆旁。

他说："鹅烤好了。"

"好的，卡特。"

我晃了晃身体。棕色的烤肉在房间中间发着光。我们拿出自己的折叠叉和小刀，每人切下一条腿，用浸在肉汁里的粗粮面包配着吃。我们吃得很慢，也很享受。

"好吃吗，卡特？"

"好吃！你觉得呢？"

我们亲如兄弟，都想把最好的留给对方。吃完饭后，我抽了一支烟，卡特抽了一支雪茄。烤鹅还剩下很多。

"卡特，给克罗普和特雅登带回去一块怎么样？"

"行。"他说。我们切下一份，小心地用报纸包好。剩下的我们想要带到营房去；但是卡特笑了，只说了句："特雅登。"

我意识到，我们必须把所有的东西都带走。于是，我们就出发去了鸡场，把他们叫醒。在此之前，我们已经把鹅毛收拾好了。

克罗普和特雅登以为我们的出现是幻觉。紧接着，他们就开始大快朵颐。特雅登用双手拿着一只翅膀放在嘴里嚼了起来，就像在吹口琴。他大口喝了锅里的油汤，咂了咂嘴："我永远也不会忘记你们的大恩大德！"

我们步行回到营房。这时，天穹中升起点点星辰，黎明初现。我走进破晓的晨光中，这是一个穿着大靴子、吃得饱饱的士兵，也是一个在清晨中步行的渺小的士兵。卡特，笨拙地佝偻着，走在我的身边，我的战友。

在破晓的微光中，营房的轮廓渐渐清晰了，就像一个黑色的美梦。

VI

有传言说敌方最近会有进攻，所以我们提前两天赶往前线。去的路上经过一个被炸毁的学校，沿着它的纵墙堆着一些崭新的未抛光的棺材，形成了两堵高墙。它们散发着树脂、松树和森林的味道，最少一百口。

"真是为这次进攻做了充足的准备啊。"穆勒吃惊地说。

"这是给我们准备的。"德特林小声抱怨。

"别胡说。"卡特对他吼道。

"能有一副棺材你就偷着乐吧，"特雅登冷笑，"他们至多只会给你那被当成靶子的身体一块帐篷布，小心点吧！"

其他人也开起了玩笑，一些让人不安的玩笑，但除此之外，我们还能做什么呢？棺材确实是给我们准备的，在这样的事情上也应该提前组织好。

前线很热闹。第一天晚上，我们尝试着找方位。夜里十分安静，我们能清楚地听见敌方前线不间断地运输物资的声音，一直持续到破晓时分。卡特说，这不是在运输东西，而是军队来了，军队、弹药、枪支已经准备就绪。

我们一下子就察觉出来英军的炮兵兵力得到了加强。农庄的右边至少加了四个九英寸炮组，杨树桩后面放了迫击炮，还有一些带着引信的小型法国炮。

我们的情绪很低落。藏到掩体中两个小时后，我方的炮兵朝我们进行了攻击。如果这是瞄准失误的话，没人会说什么，但是原因却是枪管老化；炮弹散落到我们的阵地，这种不靠谱的事儿经常发生。那天晚上还有两个人因此而受伤。

前线就像一个牢笼，人得在里面焦虑地等待着即将发生的一切。我们埋伏在枪林弹雨之下，时刻处于不确定的紧张中。随时可能发生的意外从我们的头顶上划过。当炮弹袭来时，我们能做的只有低下头；它会在哪里爆炸，我不知道，也不能改变。

正是这样的不确定性让我们变得麻木。几个月前，我坐在掩体里玩斯卡特；过了一会儿，就起身去找另一个掩体里的熟人。当我再回来的时候，第一个掩体已经什么都不剩了；它被一次重击摧毁了。我又赶回第二个掩体，就在我来回的当口，炸弹爆炸把掩体埋上了，我及时赶到才把他们挖了出来。

生还与被击中一样不可预知。在安全的掩体中可能被炸成碎片，在没有掩护的空地上经历十个小时的漫天炮火也可能安然无恙。每个士兵都在无数次无法预料的偶然中得以幸存。每个人都相信并信任这种偶然的力量。

我们得看好面包。自从壕沟被毁，老鼠就泛滥成灾了。德特林说，这是空气污染最直接的标志。

这里的老鼠个头很大，所以特别恶心。人们称它们为尸鼠。它们长相丑陋，奸诈的脸上一根毛也没有，只要看一眼它们那又长又秃的尾巴，马上就会吐出来。

它们似乎饥饿难耐，几乎所有人的面包都被它们啃过了。克罗普把面包紧紧地包在帆布里，垫在头下，但却无法入睡，因为老鼠为了接近食物，在他的脸上跑来跑去。德特林很聪明，他在房顶系了一根铁丝，把一捆面包挂在上面。当他半夜打开手电筒时，他看见铁丝在来回晃动。一只肥硕的老鼠正骑在面包上。

是时候该做个了结了。我们把老鼠咬过的面包小心地切下来；全部扔掉是不可能的，不然明天就一点吃的也没有了。切下来的面包片被我们放在地中间。每个人都拿出自己的铁锹,随时准备攻击。德特林、克罗普和卡特则拿好了手电筒。

几分钟后,我们就听到了脚步声和拖东西的声音。声音逐渐变大,很多小脚拥了上来。这时手电筒亮了,所有的铁锹都朝这堆吱吱乱叫的黑团砸去。效果不错。我们把老鼠尸体铲到壕沟边,然后继续等待。

就这样,我们又打了几次。这些老鼠似乎意识到了什么或者是闻到了血腥味,再也不过来了。第二天,地上剩下的面包还是被偷走了。

邻区的两只猫和一只狗也被袭击了,老鼠把它们咬死后吃掉了。

第二天有伊达姆奶酪①,每个人差不多能分到了四分之一块。这是好事儿,因为伊达姆奶酪味道不错——但也不是好事儿,因为这样的红球一直就是倒霉的预兆。要是再分点烧酒,那就更值得怀疑了。我们喝着酒,但完全没什么好心情。

我们整天都在杀老鼠,消磨时间。子弹和手榴弹的储备更丰富了。我们自己调整着刺刀。有一些刺刀的钝面也被当作锯子。要是有人带着这样的武器被敌方抓到,那么

---

① 即荷兰奶酪,外面涂有红蜡,呈球形。

他就必死无疑。邻区就发现了被锯子割掉鼻子和挖掉眼睛的士兵。他们的嘴和鼻子后来被锯末填满，窒息而死。

一些新兵也有刺刀，但我们会帮他们卸下来，用普通的替代。

然而，刺刀现在已经没什么用了。冲锋的时候，它就是个摆设，手榴弹和铁锹才实用。磨得锋利的铁锹是一种更轻、功能更全的武器，不仅可以用它朝人的下巴挥去，还能用它进攻，力量更大；尤其是斜着往肩膀和脖子之间的地方劈，轻而易举地就能弄出一个延伸到胸部的大口子。刺刀刺进身体后很容易卡住，要把它拔出来就得使劲儿抵着这个人的肚子，这段时间内很容易就会让其他人逃走。另外，刺刀也很容易断裂。

晚上一般会发生毒气战。我们等待着进攻，戴着面具埋伏着，只要出现第一个人影就立即扯下面具。

天亮了，什么也没发生。只有一直折磨人神经的隆隆声，移动，不停地移动，货车，不间断的货车，这一切的目的是什么？我们的大炮一直朝那边射击，但是运输的声音不会停，不会停——

大家都一脸疲惫，互相看着对方。"像索姆河战役一样，之后会有连续七天七夜的炮击。"卡特阴沉着脸说。自从我们到这儿之后，他就没开过玩笑，情况很糟糕，作为一个在前线身经百战的老兵，卡特有着敏锐的洞察力。只有特雅登还有心情期待即将到来好饭和朗姆酒；他甚至认为我们会像现在这样平静地返回，什么也不会发生。

看起来似乎是这样的。一天又一天过去了。晚上我坐在壕沟里放步哨。在我的头顶，导弹和信号弹上下飞舞。我谨慎而警觉，心脏怦怦乱跳。我的视线一次又一次地停留在夜光表的表盘上，指针却寸步不移。困意袭来，为了保持清醒，我不停地活动着靴子里的脚趾。有人来接班的时候，我才发现已经过去了一整夜——隆隆声还在继续。我们慢慢平静下来，玩上了斯卡特和冒歇尔[①]。也许，我们是幸运的吧。

白天，空中到处都是系留气球。这表明敌方已经让坦克和空军参与进攻。但是与这些相比，我们对新的火焰喷射器更感兴趣。

半夜，我们醒了。大地在咆哮，猛烈的火力笼罩在我们四周。大家都挤在角落。所有口径的子弹我们都能区分出来。

每个人都拿起了自己的东西，反复确认它们还在。掩体摇晃着，黑夜里充满了轰鸣和闪光。在转瞬即逝的光亮中，我们望向对方，每个人都脸色苍白，嘴唇紧闭，无奈

---

① 类似于斯卡特的纸牌游戏。

地摇着头。

　　我们能感觉到猛烈的火力撕开了战壕的护栏，掀翻了用灌木加固的斜梁，击毁了最上面的混凝土。当火力都集中在战壕时，我们感受到了更沉闷、更疯狂的攻击，就像愤怒的野兽用它的利爪在使劲撕咬。早上，几个新兵已经开始恶心呕吐了。他们还没有经验。

　　令人讨厌的灰色光线慢慢渗透进了地道，炮弹的闪光显得更加苍白。已经到了早上。爆炸的地雷与炮火混在一起，我们迎来了最疯狂的震动。炮火所到之处，皆为坟墓。

　　换岗士兵出去了，观察员们跟跟跄跄地走了进来，身上满是泥土，瑟瑟发抖。其中一个人沉默地躺在角落里吃东西，另一个人是个后备军，在不停地抽泣；他已经两次被爆炸的气浪掀飞出防护墙，好在只出现轻微的神经性休克症状。

　　新兵们都朝他看去。这样的情绪很快会传染给其他人，我们必须得小心提防，现在已经有几个人的嘴唇开始颤抖了。好在现在是白天；也许上午就会有进攻。

　　火力没有减弱，它仍在我们身后。在我们的视线范围内，泥土和铁屑像喷泉一样四处喷射。整个区域遭受轰击的范围很大。

　　进攻并没有开始，但轰炸继续着。慢慢的，我们都变成了聋子。几乎没人说话，就算说了也听不见。

我们的战壕快没了——很多地方只剩下半米高，满是窟窿和弹坑。一枚炮弹在地道前爆炸。眼前瞬间一片漆黑，我们被埋进土里，必须得挖出一条路。一小时之后，入口重新通畅，我们镇定了一些，因为手头上有活儿干了。

连长爬进来告诉我们有两个掩体已经没了。新兵们见到他才平静了些。他说，今晚会尝试往这儿运送粮食。

这些话听起来会让人得到些许安慰。但除了特雅登，没人会这么想。新兵们认为，如果食物能从外面送进来，那么情况就不会太糟糕。我们不想打破他们的美梦，我们知道，食物跟弹药一样重要，所以肯定会被送进来的。

食物运输失败了。第二个飞行中队在出发后又返回了。最后，连加入的卡特也两手空空地回来。在这样的火力下，连只苍蝇也飞不进来。

我们勒紧裤腰带，每口食物都要咀嚼三次。就算这样，食物也不够，我们还是很饿。我给自己留了一块面包边，在饿的时候会啃几下，软的地方已经被吃掉了。

夜晚让人无法忍受。我们不能睡觉，只能睁开眼睛盯着前方，半睡半醒地打着盹儿。特雅登遗憾地说，我们浪费了那些老鼠咬过的面包，应该留着的，现在谁也不会嫌弃。水源也紧缺，但不是特别严重。

快到早上的时候，天还没大亮，动乱就开始了。一群逃亡的老鼠冲过入口，爬上墙壁。手电筒照亮了这个混乱的场面。所有人都在叫喊，咒骂，用力击打。这让几个小时以来积攒的愤怒和绝望终于得到释放。每个人的脸都扭曲了，挥舞着手臂，老鼠在尖叫着。混乱的局面很难停下来，甚至有人差点误伤到别人。

情绪的爆发让我们筋疲力尽。我们趴下继续等待。掩体没有损坏可以说是个奇迹了。它是现存的少数几个比较深的地道之一。

一个军士爬了进来，带来了一块面包。晚上的时候，三个幸运儿成功地脱离险境拿到了一些补给。他们说，敌方的火力没有减弱的架势，直轰到我们的炮兵哨所。真是奇怪，敌方是从哪里搞到这么多枪炮的。

我们必须等待，等待。中午，预料中的事情发生了。一个新兵突然发病了。我已经观察他很久了，他不安地磨牙，攥紧拳头。我们对这种犹疑慌张的眼神很熟悉。在过去的几个小时里，他只是看起来比较镇定。

他突然起身，不露声色地爬过通道，停了一下就往出口爬去。我往旁边挪了挪，问道："你想去哪儿？"

"我马上就回来。"他说，想要从我旁边过去。

"等会儿吧，火力已经弱了。"

他仔细听着，眼睛里浮现出片刻的清醒。接着，他的目光就又变得浑浊，像一只得了狂犬病的狗，沉默着把我推开。

"再等一分钟，战友。"我喊道。卡特也留意到他了。就在这个新兵要把我推开的时候，卡特抓住了他，我们合力把他抱住。

他立刻开始放声大叫："让我走，让我出去，我要从这儿出去！"

现在，他什么都听不进去，只是胡乱地挥舞着手臂，含混不清地吐出几句毫无意义的话。这是在地下掩体里诱发的幽闭恐惧症发作了，他感觉自己马上就要窒息，已经完全受本能所支配：必须立刻从这里出去。如果让他就这么出去，他就只能在没有掩护的情况下乱跑。他不是第一个有这种症状的士兵。

他现在像个发疯的动物，翻着白眼，我们却什么也做不了。为了让他恢复理智，必须得把他打醒。我们迅速地不留情面地抽了他几下，让他暂时保持平静；其他人都脸色惨白，只希望没受到太大的惊吓。对这些可怜的家伙来说，密集的火力超出了他们能接受的极限；毕竟他们是从征兵站直接进入一个棘手的让人一夜白头的困境中的。

这件事之后，令人窒息的气氛更让人无法忍受。我们好像正坐在自己的坟墓里，等着别人来埋葬我们。

突然，一声巨响传来，火光耀眼，地下掩体在受到攻击后裂开了，所幸这次撞击很轻，混凝土的地基经受住了攻击。它发出一阵可怕的金属撞击声，墙壁摇晃，枪支、头盔、泥土和灰尘四处飞扬。硫黄的浓烟灌进来了。如果我们没待在这样坚固的地下掩体而是待在不久前搭好的简易掩体中，那么现在就该全军覆没了。

现在的情况对士兵们产生了很不好的影响。之前犯病的新兵又开始愤怒地大吼大叫，紧接着又有两个人也发病了。其中一个挣脱后逃跑了。我们用尽全力控制着另外两个人。我从后面把其中一个要跑的人推倒了，甚至考虑要不要朝他的腿上开一枪；这时，一阵呼啸的炮火袭来，我迅速卧倒，当我再站起来时，战壕的墙上已经满是带着体温的残肢碎肉和制服碎片。我又爬了回去。

第一个人似乎真的疯了。如果把他放开，他会像山羊一样用头朝着墙猛撞过去。等到了晚上，我们必须试着把他送去后方。现在，我们紧紧地绑着他，如果受到猛烈攻击再立刻解开绳子。

卡特提议玩一会儿斯卡特——还能干什么呢？或许玩牌会让人轻松一些。但这一点用也没有，所有人都在仔细听着周围的每一次爆炸。我们像坐在一个沸腾的大锅中，火力则从四面八方袭来。

又是一夜。我们因紧张而变得麻木。这是一种致命的紧张，就像一把带锯齿的刀正沿着我们的背脊划过一样；双腿已经失去知觉，双手颤抖着，身体好像只剩下一张薄薄的皮，包裹着竭尽全力压制的疯狂，抑制着一触即发的怒吼。对未知的恐惧让我们不再是有血有肉的人，我们已经不认识自己了。我们紧闭着嘴唇——会过去的——会过去的——也许我们都能渡过难关。

附近的爆炸声突然停了。虽然火力还在继续，但我们已经开始撤退，战壕安全了。我们拿起手榴弹，把它们扔到掩体前，然后从里面跳了出来。猛攻停止了，但在我们身后还有密集的炮火，那边是进攻区。

没人相信在这样的荒地中还会有人；但是现在，一个个钢盔从战壕里冒出头来，在离我们五十米远的地方，一挺机枪已经准备就绪，随时准备射击。

铁丝网也被扯碎了，但还是能起到点防护作用。冲锋队向我们冲过来。我们的大炮朝他们射击。机关枪嗒嗒地扫射着，步枪砰砰直响。敌军正在步步紧逼。我们拔掉柄上的引线，将手榴弹递给海伊和克罗普，这两人便以最快的速度投掷。海伊投出了六十米，克罗普投出了五十米，他们在测试距离，这种测试十分重要——敌军在三十米以外朝我们这边冲的时候基本上不会有什么威胁。

我们现在已经能认清那些扭曲的面孔和扁平的钢盔，是法国人。他们已经到了铁丝网的位置，有明显的人员伤亡。一整排人遭受了我们旁边的机枪扫射；然而我们的炮弹在装填时却发生了故障，导致他们离我们更近了。

我看到其中一个人撞到了拒马①上，他的脸高高扬起，身体瘫软，双手下垂，好像正在祈祷。接着，他的身体完全倒下了，只有仍连着手臂的被枪打掉的手还挂在铁丝上。

当我们撤退时，前面的地上有三个人头。其中一个的钢盔下可以看到黑色山羊胡和两只眼睛，它们紧紧地盯着我。我举起手，却无法把手榴弹朝那双看起来很奇怪的眼睛扔去，有一个疯狂的瞬间，整场战斗好像马戏团一样围着我狂奔，唯独这双眼睛一动不动；我的脸朝向那边，抬起了头，手一挥，手榴弹就飞了过去，飞到了壕沟里面。

我们往回跑，把拒马扯碎扔进战壕里，把拔掉引线的手榴弹投向身后，确保能火速撤退。机枪射击已经在下一个阵地开始了。

我们此刻已经变成危险的动物。我们不是在战斗，而是在保护自己不被消灭。我们不是在投掷手榴弹，只知道，长着双手和头戴钢盔的死神正在身后追赶，三天来，我们第一次能看清他的脸，三天来，第一次能跟他对抗，我们心中充满了疯狂的愤怒，不想继续躺在断头台上软弱地等待，我们可以用摧毁和杀戮来拯救自己，同时也是在复仇。

我们躲在角落，躲在铁丝网架后，在移动位置之前把

---

① 一种木制路障。

一捆捆的炸弹扔到敌军的脚下。手榴弹爆炸的余威击中了我们的胳膊和双腿，我们像猫一样蹲着走路，淹没在炮火的浪潮中，它既支撑着我们，又让我们变得残忍，变成拦路的强盗、杀人犯和魔鬼，它把我们拥有的力量变成恐惧、愤怒和对生存的渴望，让我们寻求救援，不停战斗。如果你的父亲是敌方的一员，你也会毫不犹豫地把炸弹扔向他的胸口！

前面的战壕被放弃了。它们还算是战壕吗？几乎完全被炸毁了——除了残垣和坑洞还连通着通道和掩体外，其他什么也没剩。但敌方的损失也很严重。他们没有想到会遇到这么激烈的抵抗。

马上就到中午了。烈日当头，汗水刺痛了双眼，我们用袖子把汗擦去，有时还沾上了血迹。第一个保存较好的战壕出现了。我方军队已经在这里驻扎，准备反击，我们也有了容身之所。炮兵部署得当，封住了对方前进的道路。

我们后方的战线已停滞不动，他们不能再继续向前了。敌方的进攻被我们的大炮击垮。我们埋伏着。炮火在百米外跳跃，我们再次向前冲锋。在我旁边，一个豁免兵的头被炮弹炸掉了。他又跑了几步，血像喷泉一样从他的颈部喷涌而出。

混战还未真正开始，敌方已被迫撤退。我们再次抵达那被炸毁的战壕，继续向前冲去。

哦，掉头！我们已经冲到了后备阵地，真想爬过去然后藏匿起来——但我们又不得不转过身来，重新回到恐怖区域。此刻，如果我们不像机器似的行动，就会这样一直趴着，没有意志，疲惫不堪。但是我们得振作起来往前冲，没有意志却狂暴疯狂，我们得杀人，因为那边就是死敌，他们的步枪和榴弹正瞄准我们。如果不消灭他们，那么死的就是我们！

褐色的大地，被摧毁、被炸裂的褐色的大地，在阳光的照耀下闪着油亮的光，映衬着我们不知疲倦的机械行为，我们的喘息声是弹簧装置向前推进时发出的噪声。嘴唇干裂，脑子比宿醉后还要混乱——我们以这样的状态蹒跚前行，明晃晃的太阳照耀着褐色的大地，濒死和已亡的士兵躺在那里。跨过他们的身体时，他们仿佛要抓住我们的腿尖叫，这样的图景痛苦地折磨着我们千疮百孔的灵魂。

当有人落入我们猎人般的目光中时，我们失去了人性，几乎谁也不认识了。我们是麻木的死人，诡计和危险的魔法让我们还能跑动和杀人。

一个年轻的法国士兵掉队了，他被人追上后就举起了双手，其中一只手里还握着左轮手枪——谁也不知道他是想开枪还是想投降；有人拿起铁锹，朝他的脸劈过去。另一个人看到后试图逃跑，扑哧一声，刺刀刺中了他的后背；

他高高跳起，张开双臂，嘴巴因尖叫而张大，踉踉跄跄的，后背上的刺刀还在晃动。第三个人扔掉手枪，蹲在地上，双手捂住眼睛。为了运送伤员，他跟其他几个被俘的人落在了后面。

我们开始追踪敌方阵地。

我们紧跟着撤退的敌军，成功地与他们同时到达，因此我们的伤亡很少。正在扫射的机枪被我们一个手榴弹解决了，毕竟以它的威力，就算是几秒钟也足以击中我们五个人的腹部。卡特用枪托砸烂了其中一个没受伤的机枪士兵的脸。另外几个人还没来得及把手榴弹扔出去，就被我们用刺刀刺死了。我们已经唇焦口燥，之后大口大口地喝着水。

到处都是钢丝钳的咔嚓声，铁丝网在障碍物的砸击中发出扑通扑通的声音，我们从狭窄的入口跳进战壕。海伊朝一个高大的法国人的脖子来了一铁锹，扔出了第一颗手榴弹；我们在胸墙后弯着腰躲了几秒钟，正对着我们的一条战壕就已经空了。紧接着，第二颗手榴弹呼啸着越过斜角，清空了通道，这时，集束手榴弹飞进了掩体，大地开始剧烈震动，它裂开了，蒸腾着，呻吟着，我们被又湿又滑的肉块和柔软的身体绊倒了，我摔在一个被炸开的肚子上，上面还有一顶崭新干净的军官帽。

交战停滞了。敌军与我们的交锋突然中断。我们不能在这儿坚守太长时间，因此就必须在大炮的掩护下撤回阵地。一收到消息，我们就快马加鞭地冲向下一个掩体，在大队人马赶到之前，抢上一些罐头，尤其是一听听腌牛肉和黄油罐头。

我们顺利撤退。那边暂时没有进一步的攻击。我们气喘吁吁地休息，躺了一个小时才有人开始说话。我们的身体已经被抽干了，即使非常饿也不想吃罐头。慢慢的，我们又重新变成了人。

敌方的腌牛肉在整个前线都很出名。有时，这甚至是我方勇猛进攻的主要原因，因为我们的伙食总体上来说太差了；所有人都处于饥饿状态。

我们总共抢到了五听罐头。那边的伙食太好了，与我们这种用萝卜酱充饥的伙食相比，简直就是奢侈；肉在那边随处可见，只需要伸手拿就行。海伊还找到了一小块法式白面包，他把面包像铲子一样别在腰后；面包的一角沾上了血，切下去就行。

有好的食物已经很幸运了；我们还需要力气。食物跟好的掩体一样有价值；这就是为什么我们一直贪婪地想要获得食物，因为它能救我们的命。

特雅登缴获了两壶白兰地。每个人都可以轮流喝一口。

晚祷开始了。夜幕降临，雾气从炸弹坑中浮起，充满了幽灵般的神秘感。白色的雾气恐惧地向周围慢慢扩散，直到鼓起勇气蹿出弹坑的边缘，将弹坑与弹坑连在一起，形成长长的一条。

入夜微凉。今晚我当值，双眼凝视着这黑暗，情绪很低落，与以往每次进攻后一样，很难不去胡思乱想。这不是真正的思考，而是回忆，它们让我变得软弱和伤感。

光幕升起，我的眼前浮现出一个场景——在一个夏日夜晚，我站在教堂的十字回廊，抬头看向小花园中埋葬着牧师的玫瑰花丛。周围是耶稣受难的石像。四下无人，寂静笼罩着鲜花盛开的四方形小花园，太阳温暖地照在厚厚的灰色石头上，我用手触摸，感觉到一丝温热。在石板屋顶的右上角，绿色的大教堂塔楼耸立着，融进傍晚时分沉闷而柔和的蓝色中。环形十字回廊中立着的精致石柱闪着神圣的光，在石柱间的是只有在教堂里才能感觉到的阴凉，我站在那里想，等我到二十岁的时候，就会体验到女人带来的混乱和困惑。

画面惊人地真实，它触动了我的心，但却被照明弹的强光打碎。

我立刻拿起步枪准备战斗。枪管有些潮湿，我的手紧紧握住它，用手指擦去上面的水汽。

我们城市后面的草地之间，有一排老杨树耸立在溪边，即使从远处也能看见。虽然只有一边种了白杨，但人们还是称呼这儿为白杨树大道。当我们还是孩子的时候就很喜欢到这儿玩，它有一种莫名其妙的吸引力，我们整天待在这儿，听着微风吹着树叶的沙沙声。有时，我们会坐在树下的小溪边，把脚放进清澈湍急的水流中。溪水清新的香气和风吹动白杨树的旋律占据着我们的全部。我们深爱着它，想起那些日子，我的心现在还在怦怦跳动着。

奇怪的是，所有出现在脑海中的记忆都有两个特点。它们寂静无声，这也是它们最强大的地方，即使事实不是这样，也总是以这种面目出现。它们是无声的幽灵，用眼神和表情跟我说话，无声而沉默——这种沉默很可怕，让我不得不紧紧抓住衣袖和步枪，以免放任自己舒展身体，消解于诱惑，沉湎在事物背后的无声力量中。

记忆是无声的，因为对我们来说，一切都是那么不可理解。前线没有安静的时候，它的魔力大到让人根本无法摆脱。即使在偏远的仓库和休息区，我们的耳边也总会传来大炮低沉的隆隆声，无论它离我们有多远。这些日子让人无法忍受。

而这种无声，令过去的图景唤醒的与其说是希望，不如说是悲伤——一种巨大的，让人迷惑的忧伤。它们留在过去——但再也回不来了。它们过去了，它们已经在没有我们的另一个世界了。在练兵场时，它们还会激起我们反抗和任性的欲望，因为那个时候的我们即使与它们分离，也还是紧密相连的，我们属于彼此。当我们不分日夜地在荒野进行操练时，它们会在唱响的军歌中出现，它们存在于我们的身体里，来源于我们刻骨铭心的记忆。

在战壕时，记忆已经远去，再也不会出现在我们的脑海中了；我们已经死了，而它在远远的地平线处，像个幽灵，周身萦绕着神秘的光，折磨着我们；我们害怕它，却又无望地爱着它。它很强大，我们的欲望也很强大；但我们也知道，它就像成为将军的奢望一样遥不可及。

即使让年少时的风景重现，我们也会无所适从。它带来的温柔和神秘的力量再也不会复活了。我们会活在其中，与之做伴；我们总会想起它，爱着它，被它凝视的目光所感动。但是，这就像对着照片缅怀死去的战友一样——他的音容笑貌仍在，只不过记忆中跟他度过的岁月好像是虚幻的错觉；他已经不是他了。

我们不再像以前一样跟它紧密相连。吸引我们的并不是它的美好和快乐，而是一种共同情感，是根植于我们存在中的、对事物和变化所抱有的亲密的共同感觉，它让我们与众不同，也让我们无法理解父母的世界；我们以某种方式慢慢地失去了它，也交出了自己，其实，曾经微不足道的事情一直在缓慢地将我们推向无尽之路。也许这只是我们年轻人的特权——我们看不到边界，一切都没有尽头；我们期待流血，它让我们与逝去的岁月融为一体。

今天，我们会像旅人一样走过年少时的风景。我们被事实灼伤，我们像商人一样明辨敌我，像刽子手一样知道必须得杀人。我们不再无忧无虑——我们冷漠得可怕。我们存在着，但还活着吗？

我们像孩子一样被遗弃，像老人一样经历了可怕的一切，我们是凶残的、悲伤的、浅薄的——我想，我们迷失了。

我的手越来越凉，皮肤上汗毛竖立；然而这个夜晚并不冷。只是雾气微凉，阴森可怕的雾气向死者侵袭而来，抽干了他们残存的生气。明天，尸体就会变得苍白，出现尸绿，血液也会凝结变黑。

照明弹照常升起，朝地面投下无情的光芒，眼前的一切看起来就像月球上的环形山和光斑一样。皮肤下的血液把恐惧和焦虑带到了思想中，让它变得十分脆弱，颤抖着渴望得到温暖和生命。没有安慰和欺骗，精神就会处于崩溃的边缘；面对着绝望的不毛之地，我们不知所措。

餐具清脆的响声勾起了食欲，我只想马上就能吃上一顿热饭；这对我有好处，也能让我平静。我努力强迫自己再等一会儿，马上就要换岗了。

随后，我走进掩体，找到了一碗麦粥。它是用油煮的，味道很好，我慢慢地喝完。因为战火暂时停息，其他人心情都不错，但我仍沉默着。

日子一天天过去，每时每刻都让人无法理解却又理所当然。攻击与反攻交替着，战壕间的弹坑里慢慢堆积了很多尸体。对于躺在不远处的伤兵，我们一般都会把他们抬回来。但是有些伤兵却要躺很久，有时我们甚至能听到他们如何一点一点地失去生机。

我们花了整整两天搜寻一个伤员，但却无功而返。他一直趴着，不能翻身。找不到他的原因只有一个——把嘴紧贴在地面上呼救是很难确定方位的。

他受伤严重——但这种伤不会严重到让身体迅速虚弱至半昏迷状态，也不会让人带着康复的希望忍受疼痛。卡特推断，他不是骨盆碎裂就是脊柱受伤；胸部肯定没问题，不然他不会有这么多的力气大声呼救；而伤在其他部位的话，他是可以活动的。

他的声音慢慢变得嘶哑，听起来很悲伤，让人无法辨别方位。第一晚，我们派出了三拨人去找他。但是当他们确认方向，朝那里爬过去时，声音又出现在别的地方。

我们从深夜找到破晓，仍一无所获；白天，用望远镜搜寻这片区域，什么也没发现。第二天，这个声音更小了，我们都知道，他已经喊得口燥唇干了。

我们的连长许诺，谁找到他就给谁优先安排假期，另外再多加三天假。但即使没有这样大的诱惑，我们也会尽力而为，因为喊叫声已经变得有些可怕了。卡特和克罗普甚至在下午还要出去搜寻一次，阿尔伯特的耳垂也为此被打掉了一个。但这些都是徒劳的，他们还是没找到人。

但我们却能听清他喊的话。开始的时候，他一直在呼救——第二天晚上他可能有些发烧，一直在跟他的妻子和孩子说话，我们经常能听到"伊莉斯"这个名字。今天，他只是在哭；晚上的时候，他只能发出嘶哑的声音，轻声呻吟了一整夜。我们听得很清楚，因为风吹向战壕的方向。到了清晨，在我们都以为他已经安静下来的时候，他喉咙里发出的呼噜声又传了过来。

这几天很热，死者却还没下葬。我们不可能把所有人都抬走，因为不知道要把他们送去哪里。他们最后会被炸弹埋葬。一些人的肚子鼓得像个气球；尸体发出呻吟和吱嘎声，体内咕噜作响，有时还会微微移动。

天空很蓝，没有一丝云彩。晚上有些闷热，热气从地面升腾而起。当风吹过的时候，夹带着浓重、微甜又令人作呕的血腥味，弹坑中的尸体散发出的三氯甲烷和腐烂的混合味，令人作呕。

夜晚很安静。大家开始寻找炮弹的铜弹环和法国信号弹的降落伞绸。没有人知道为什么弹环这么受欢迎。反正收藏家们说它们很有价值。有人捡了很多，以至于当开拔时被那些东西压弯了身体。

海伊至少还给出了一个理由：他想送给他的未婚妻当作袜带的替代品。弗里斯兰人听后哄堂大笑。他们开玩笑地互相拍打着膝盖，天哪，这个海伊，看起来人畜无害，其实狡猾得很。特雅登不淡定了，他用手拿起了最大的一个环，为了给大家展示一下剩余的空间有多大，还把腿伸了进去。"海伊，天哪，她这长的是腿吗，是腿吗？"说完，他还浮想联翩，"她的屁股得跟大象一样。"

这还不够，他补充道："天哪，我不介意跟她玩一场打屁股游戏①。"

海伊喜笑颜开，因为她的未婚妻得到了极大的认可，他得意而简洁地说道："是啊，她确实是个大胖妞！"

降落伞绸更实用一些——根据胸围大小，三到四个就可以做一件上衣。克罗普和我把它们当作手帕，其他人则选择邮寄回家。如果女人们知道这些薄布是冒着多大的危险捡回来的，肯定会吓得花容失色。

特雅登淡定地尝试把哑炮的弹环敲下来，这让卡特感到吃惊。如果其他人这样做，哑炮肯定会立刻爆炸；但是

---

① 原文为 schinkenkloppen，是一种有几百年历史的室内游戏。游戏中，一个人蒙住眼睛，另一个人会打他的屁股，被打的人要猜是谁打的他，直到猜出正确的人才能进行下一轮。

特雅登每次都很幸运。

两只蝴蝶在我们的战壕前飞舞了一上午。这是两只硫黄蝴蝶，黄色的翅膀上长着几个红色斑点。是什么吸引它们过来的呢？周围既没有植物又没有花朵。它们停留在一颗头颅的牙齿上。同样无忧无虑的还有鸟儿，它们早就习惯了战争的喧嚣。每天早晨，云雀都在前线上空飞来飞去。我们一年前还看到它们带来了自己的幼崽。

战壕里没有老鼠了。它们都在前面——我们知道为什么。它们又大又肥，我们看到一只就用枪打死一只。晚上，我们能听到对面传来的轰隆隆的滚动声。白天，为了能修缮战壕，我们没有加大火力。娱乐项目也是有的，由飞行员们负责。每天都有无数场的战斗在寻找观众。

我们喜欢战斗机，却像讨厌瘟疫一样讨厌侦察机；因为它们会吸引炮兵的火力。在它们出现的几分钟后，我们这里就会闪耀出霰弹和榴弹的火花，为此我们在一天内失去了十一名战士，其中有五名医护人员。两个人被炸得粉身碎骨，特雅登提议，可以用勺子把他们从沟壁上刮下来，直接埋到锅里。另一个人的下腹连带着腿被炸断了，他的上半身靠在战壕上，脸色蜡黄，络腮胡之间，香烟还闪着微光。它会一直燃烧，直到烧到嘴唇。

我们把死者暂时安置在大弹坑中。到目前为止，已经摞了三层了。

突然间，炮火又雷鸣般地响起。不久后，我们又陷入紧张的僵局中，无所事事地等待。

进攻，反攻，投手榴弹，被投手榴弹——这些词里包含了什么呢！我们损失惨重，大多都是新兵。增援部队被送进了我们的区域。他们是新编的团，基本上是由最后入伍的这批人组成的。他们几乎没有接受任何培训，只是在上战场前了解了一些理论知识。他们知道什么是手榴弹，但是却并不了解掩体，尤其是那些他们没见过的东西。在他们的视野中，只有半米高的土坡才能被看到。

虽然我们需要增援，但是我们带新兵所花费的精力比他们给我们干的活儿还要多。他们在重火力攻击的区域中十分无助，只会像苍蝇一样死去。今天的阵地战需要相关的知识和经验，得了解地形，得会判断投掷物的种类、声音和威力，得预判击中范围和偏离的角度以及怎样保护自己。

这支年轻的增援部队显然对此一无所知。他们会因为不知道霰弹和榴弹的区别而全军覆没。他们会被杀死，他们会因害怕不危险且离他们很远的大炮的轰鸣声而忽略了平地飞来的小榴弹。他们像羊一样聚在一起，不懂四散逃开的道理，即使是轻伤员也会被空军像窝兔子一样杀死。

这些可怜的狗啊，他们一脸菜色，手指可怜地蜷着，带着悲伤的英勇，但还是不断地向前进攻。这些顺从的、可怜的狗啊，他们明明害怕，却又不敢大声哭喊，只能带着受伤的身体和四肢小声呜咽着要找妈妈，一被人看见就会立刻停止啜泣。

他们毫无生气的、长着绒毛的瘦削的脸上没有任何表情，像已经死去的孩子。

如果你埋伏在战壕里，就会看到他们怎样起跳，奔跑然后摔倒。你会因为他们的愚蠢而想揍他们一顿，然后带他们远离这个是非之地。他们身上是灰色的上衣和裤子，脚上穿着靴子，但是对大部分人来说，制服都太大了，他们的四肢在衣服里晃荡，因为肩膀太窄，身体还没长开；制服并没有适合孩子的码数。

每个老兵会带五到十个新兵。

突如其来的毒气袭击夺走了很多人的生命。他们根本不知道等待着他们的是什么。一个掩体中满是脸色发青、嘴唇乌黑的尸体。弹坑中的他们过早地摘下面具。他们不知道毒气在低地停留的时间最长；他们看到上面的人摘下面具，他们也摘了下来，但却吸入了足以烧穿他们肺的毒气。情况让人绝望，咯血和窒息要了他们的命。

在一段战壕里，我突然碰到了希梅尔斯托斯。我们躲进了同一个掩体。我们屏住呼吸，并排埋伏着，等待着进攻的开始。

虽然我很兴奋，但当我跑出去的时候，一个想法突然出现在我的脑海中：我再也见不到希梅尔斯托斯了。我迅速跳回掩体，发现他正躺在角落，身上只有一小处擦伤却在假装伤兵。他的脸像被暴打了一顿似的。他在这儿也是新兵，所以得了炮弹休克症。但让我愤怒的是，在那些年轻的新兵在外战斗时，他却躲在这里。

"出去！"我朝他大吼。

他没有动，嘴唇却在发抖，胡子也在颤抖。

"出去！"我重复道。

他收紧双腿，紧缩在墙角，像个野狗一样露出牙齿。

我抓住他的胳膊想要拖他起来。他尖叫着，发出刺耳的嘶吼。这让我一下子失控了。我掐住他的脖子，像摇麻袋一样把他的头摇得来回晃荡，朝着他的脸吼道："你这个流氓，想出去吗——你这个狗东西，你这个恶霸，要逃避吗？"他神情呆滞，我按住他的头往墙上砸。"你这个畜生！"我用脚踢他的肋骨，"你这个猪狗不如的东西！"我把他往外推，把他的头推出了掩体。

新一轮的冲锋在我们身旁开始了。一名少尉看见我们，喊道："冲啊，冲啊，跟上来，跟上来！"让人想不到的是，打他一顿没用，这句话却对他有用。希梅尔斯托斯听到上级的命令，清醒地看了看周围，加入了冲锋队伍。

我跟在他后面，看着他跳跃着向前冲。他又变成了那个在营房里精神抖擞的希梅尔斯托斯，甚至追上了少尉，冲在了最前头。

猛烈的连珠炮火，拦阻射击，防御射击，地雷，毒气，坦克，机枪，手榴弹——是一些词语，但这些词语，包含了全世界最恐怖的东西。

我们脸上的伤口结痂了，我们的思想被反复蹂躏，身体极度疲倦；当进攻开始时，为了保持清醒继续前进，有的人甚至用拳头打了自己几下；我们的眼睛发炎了，双手撕裂了，膝盖流着血，手肘也被击碎了。

在这里，我们度日如年。从死者苍白的脸上能看到时间正从我们身边慢慢流逝，我们用匙子吃饭，我们奔跑，我们投掷，我们射击，我们杀戮，我们埋伏，我们虚弱而麻木，而更虚弱、更麻木、更无助的人却视我们为能逃脱死亡的神，睁大眼睛看着我们，这支撑着我们不能倒下。

在停火的几个小时里，我们会教给新兵与战争有关的知识。"那儿，看到那个榴弹了吗？这是一种地雷，它来了！躺好，它要到那边去了。如果它这样过来，那你就得赶快跑！你得在它过来之前跑开。"

我们教他们如何让耳朵变得敏锐，去听那很难察觉的小东西发出的极具隐蔽性的声音，他们必须听得出蚊子一样的叫声——我们告诉他们，这些小东西比那些很早就能听到声音的大东西更危险。我们告诉他们怎样躲避空军，怎样在被突袭时处理尸体，怎样拔掉手榴弹的引信可以让它在落地前的半秒爆炸；我们教他们怎样在遭遇有冲击引信的手榴弹爆炸前快速跳入弹坑；我们示范给他们看，怎样用一束手榴弹从侧面攻击一个壕沟；我们跟他们解释，敌方和我方手榴弹点火时长的区别；我们让他们注意毒气弹的声音，告诉他们自救的技巧。

他们听得很认真，也很听话——但在实践的时候又会因为慌乱而出错。

海伊·韦斯特斯因背部撕裂只能费力地缓慢前行；他的每一次呼吸都会牵动伤口。我握住他的手，"一切都结束了，保尔。"他呻吟着，痛苦地咬住自己的胳膊。

我们看见过头掉了还活着的人；我们看见过双脚被炸断还在奔跑的人；他们踩着碎裂的残肢磕磕绊绊地跑向下一个弹坑；一个豁免兵拖着被击碎的膝盖用双手爬行了近一公里；一个挺到救护站的人，他手里紧紧握着流出来的肠子；我们看见过没有嘴、没有下颌、没有脸的人；我们还发现有人会用牙齿咬着胳膊上的动脉来止血……太阳下山了，伴随着炮弹的呼啸声，生命也走向终结。

虽然我们脚下的这一小块皱巴巴的地盘守住了，只失守了几百米，但每寸土地上都躺着士兵的尸体。

我们换防了。车轮在脚下慢慢滚动，我们呆呆地站着，当呼声响起："注意——有线！"我们就弯下膝盖。上次路过这儿的时候还是夏天，树木是葱葱郁郁的绿色，而现在已经有了秋天的气息，夜晚是银灰色的，还有些潮湿。车停了，我们从车上爬了下来，看到很多名牌混乱地堆在一旁。站在阴影下的几个人喊着团和连的编号，每喊一声就会有一小拨脏兮兮的、脸色苍白的士兵出列；这一小拨人少得可怜，生还者少得可怜。

现在有人在喊我们连队的编号。能听出来是连长的声音，他活下来了，胳膊上绑着绷带。我们走到他面前，我认出了卡特和阿尔伯特，我们站在一起，互相依靠，彼此凝视。

我们听着他不断地喊着我们的士兵编号。他可以一直喊，但是在野战医院和弹坑里的人却听不到。

他又喊了一次："二连的到这里集合！"

他的声音低下来："二连没有其他人了吗？"

他沉默了，再询问的时候声音更小了："所有人都到了吗？"然后，他命令道："报数！"

早晨还是灰蒙蒙的，我们出来的时候还是夏天，一共一百五十人。现在很冷，已经是秋天了，树叶沙沙作响，我们的声音中也透着疲惫："一——二——三——四——"

到三十二的时候没有声音了。一段漫长的沉默后，一个声音问道："还有其他人吗？"等了一会儿，他小声地说："集合——"停顿了一下接着说，"二连——"带着一丝疲惫，"二连——向前行进！"

一小列士兵拖着笨重的步伐走进了朝阳。仅剩三十二人。

VII

为了重新整编士兵，我们被带回到比之前更远的野外征兵站。我们连还需要补充一百多个人。

在这段时间里，我们不当值的话就会到处逛逛。两天后，希梅尔斯托斯来找我们。他的嘴和鼻子在战壕的时候就被炸没了。他提议，让我们跟他和解。其实，我已经准备好这样做了，因为我亲眼看到他把背部受伤的海伊·韦斯特斯拖了回来。另外，他说话的语气很理性，所以当他邀请我们去食堂吃饭时，我们也没拒绝。只有特雅登持怀疑态度，表现得很冷淡。

但即使是特雅登后来也同样被征服了，因为希梅尔斯托斯说，上级让他替代正在度假的炊事员。为了证明他所言不虚，他还专门送给我们两磅糖，额外给了特雅登半磅黄油；还安排我们在接下来的三天里到厨房去削土豆和萝卜。他给我们提供的食物可是无可挑剔的军官餐。

所以我们现在拥有了能让士兵感到幸福的两样东西：良好的食物和充足的休息。其实仔细想想这不算什么。如果是几年前，我们肯定会对此嗤之以鼻。但是在现在的情况下，我们已经很满意了。所有的事情都需要慢慢习惯，在战壕里也一样的。

习以为常就是我们看起来很健忘的原因。前天我们还在开火，今天就嬉皮笑脸地互相打闹，明天又回到战壕里。事实上，我们什么也没忘记。在后方时，曾经在前线的日子就像石头一样沉入我们的心底，因为它们太沉重，让人无法立刻去回想。一旦我们想起来，这些记忆就会杀死我们；因为我已经意识到：只要屈服就能忍受恐惧——但是当你细想的话，它就会杀死你。

在前线时，唯一活命的方式是变成野兽；在休息时，我们就又变成爱开玩笑、爱睡懒觉的兵痞子。我们无法变成别的样子，一切都是逼不得已。我们要不计任何代价地活着；把和平时期锦上添花的情感带到这里是错误的，它对我们来说只能是负担。凯梅里奇死了，海伊·韦斯特斯也快死了，没有把汉斯·克雷默的尸体带回来，会让他们在审判日有很深的负罪感，马特斯没有腿了，迈耶死了，马克思死了，贝耶尔死了，海默林死了，有一百二十个人，他们带着枪伤不知道躺在哪里，但是现在这些跟我们有什么关系呢？我们还活着。如果能救他们，我们就算死了也无所谓，一定会拼尽全力；因为我们要反抗，只要我们想！我们不害怕——但是对死亡的恐惧是另一回事，它是身体的本能。

战友都死了，我们却无能为力，他们安息了——谁又知道我们即将面对的是什么；我们想要躺下睡觉，能吃多少就吃多少，想要酗酒抽烟，这样就不会感到空虚了。生命是如此短暂。

当我们刻意回避时，就不会对前线感到那么恐惧了，我们还能用下流和愤怒的笑话来对抗这种恐惧；当有人死了就说他夹紧了屁股①，我们可以用这种语调来谈论一切。这使我们不至于发疯；只要这样去做，我们就还能抵抗。

但这一切我们都没有忘记！战报上说，还没从炮火中缓过来的军人已经开始安排舞会了，他们把这称作部队幽默，简直是胡说八道。我们这么做不是因为幽默，而是不这么做的话，就会立刻崩溃。但这样的伪装却撑不了多久，我们的幽默感也慢慢地变得越来越苦涩。

---

① 原文为 den Arsch zukneifen，是死亡的粗俗说法。

我知道：只要还在战争中，现在的一切都会像石头一样沉入心底，在战争结束后它会重新觉醒，接着才是生与死之间斗争的开始。

在这里的每一天，每一周，每一年都会在记忆中重现，我们死去的战友会站起来与我们一起前进，我们的头脑将会变得清醒，我们带着目标与死去的战友一起并肩前进，前线的岁月已被抛在身后——但是我们整装待发要去跟谁打仗呢？

这片区域以前是前线的剧院。演出的彩色海报还贴在一块木板墙上。我和克罗普睁大眼睛吃惊地看着它，无法相信还有这样的东西。海报上画着一个穿着浅色夏季连衣裙的女孩儿，她的腰上系着红色烤漆腰带，一只手支撑着栏杆，另一只手扶着草帽。她穿着白色丝袜和一双精致的系带高跟鞋。身后的蓝色大海泛着金光，隐约可见几朵浪花；旁边是明亮的海湾。这个女孩儿很漂亮，她长着小巧的鼻子、红红的嘴唇、长长的腿，看起来既干净又整洁，我想，她肯定每天洗两次澡，指甲里从来不会有污垢，最多只有沙滩上的几粒沙。

一个穿着白色裤子和蓝色西装上衣、戴着水手帽的男人站在她旁边，但我们对他没有太大的兴趣。

木板墙上的女孩儿对我们来说简直是个奇迹。我们已经忘了还有这种生物的存在，甚至难以相信自己的眼睛。我们已经有好几年没有看过这样的东西了，它带给我们无与伦比的喜悦、美好和幸福。这就是和平的感觉，一定是这样的，我们兴奋地感受着它。

"你看这双轻巧的鞋子，穿着它连一公里也走不了。"我说，但又马上意识到自己有些傻里傻气，对着这样的照片怎么会想到行军呢。

"猜猜她有多大？"克罗普问道。

我猜："最多二十二岁，阿尔伯特。"

"那她比我们大啊。我告诉你，她不可能超过十七岁！"

我们身上起了一层鸡皮疙瘩。"阿尔伯特，这真的很不错，你不觉得吗？"

他点了点头，"我家里也有一条白色裤子。"

"白色裤子，"我说，"但是这样的女孩儿——"

我们上下打量了一下对方。没什么特别的，我们个个都穿着褪色又肮脏的制服，上面还打着补丁，每个人都一样。对比一下真的让人绝望。

所以，我们先把那个穿白色裤子的年轻男人小心翼翼地从木板墙上抠下来，以免伤到旁边的女孩。这样就对了。克罗普建议道："我们可以把身上的虱子除掉。"我不太同意，因为这样做不仅会损坏衣服，两个小时后虱子还会回来。我们又仔细看了看照片，最终我也同意这样做了，甚至提出了更高的要求。

"再看看能不能搞到一件干净的衬衫——"

不知道出于什么原因，阿尔伯特说："裹脚布①应该更好一些。"

"裹脚布或许也可以。我们得想一想。"

这时，勒尔和特雅登走了过来；他们看到了海报，对话立刻变得很下流。勒尔是班里第一个谈恋爱的人，以前讲过很多让人兴奋的细节。他用自己的方式表达了对这幅画的喜爱，特雅登也很赞同。

那些话并不会让我们感到厌恶。不开黄腔就不是士兵了；但我们现在没什么心情，在旁边打闹了一会儿就往除虱所去了，就像要去一家精致的男装店。

我们住的房子靠近运河。运河对面是一个池塘，被白杨树林包围着；运河对面也有女人。

我们这边的房子已经被清空了，另一边偶尔能看到几个居民。

傍晚时分，我们准备去游泳。三个女人沿着岸边走来。她们步调缓慢，虽然我们没穿泳裤，但是她们也没有移开

---

① 士兵的专用品。作战时士兵穿着硬邦邦的靴子，裹脚布用来保护脚不被磨伤。

目光。

勒尔朝她们喊话。她们停了下来，微笑着看向我们。我们用蹩脚的法语说了几句顺嘴的胡话，既混乱又仓促，只为了不让她们离开。她们并不是多漂亮的女人，但是现在到哪里能找到这样的人呢？

一个身材苗条、皮肤黝黑的女人站在那里。在她笑的时候，你可以看到她的牙齿闪着白光。她行动敏捷，裙子在腿间飘动。虽然水很凉，但我们很高兴，为了不让她们离开，我们拼命地吸引她们的注意。我们讲笑话，她们用我们听不懂的话来回答；我们大笑着朝她们挥手。特雅登显然更理智。他跑进屋里，拿出一块黑面包，用手把它举得高高的。

这个动作很有效果。她们点了点头，挥手让我们过去。但是我们是不被允许到河对岸的。桥上到处都是岗哨。没有证件什么也做不了。我们让她们到我们这边来；但是她们摇了摇头，用手指了指桥。她们也同样不被允许到我们这边来。

她们转过身，沿着运河的岸边往上走。我们游着泳陪着她们走。走了几百米后，她们转过身，用手指着一栋被树木和灌木丛包围的房子。勒尔问她们是否住在那儿。

她们笑着说——是的，那是她们的房子。

我们朝她们喊话，如果岗兵看不见的话我们就会过去。

晚上。就在今天晚上。

她们举起双手，平放在一起，把脸贴在上面，然后闭上了眼睛。她们已经明白了。那个身材苗条、皮肤黝黑的姑娘跳起了欢快的舞步。金发姑娘说道："面包——真好——"

我们急切地向她们保证一定会带面包过来。还有其他的好东西，我们转动着眼珠，用手比画着。勒尔在比画"一根香肠"的时候差点被水淹死。如果有必要的话，我们可能会跟她们许诺能带来一整个粮仓。她们走了，不时地回头看看我们。我们爬上了岸，盯着她们是不是进了刚刚的那间房子，因为她们可能在撒谎。接着，我们就往回游了。

没有证件的话，任何人都不能过桥，所以我们晚上打算直接游过去。大家都很激动，无法忍受焦急的等待，只能去食堂吃饭了。食堂里正好有啤酒和潘趣酒。

我们喝着潘趣酒，互相吹着牛，说着杜撰的经历。每个人都相信其他人的话，不耐烦地等着别人吹出更大的牛皮。我们搓着手，抽了无数支烟，直到克罗普开口说："其实，我们也可以给她们带一些烟。"于是，我们把烟放进帽子里留了下来。

天空像未熟的苹果，泛着青色。我们总共四个人，但只有三个能得手；于是我们决定出卖特雅登，用朗姆酒和潘趣酒把他灌醉，直到他站不稳为止。天黑的时候，我们一行人朝房子走去，特雅登在中间。我们红着脸，心生一种冒险的感觉。我挑了那个身材苗条、皮肤黝黑的姑娘，剩下的两个也分好了，就这么定了。

特雅登倒在他的草褥上打起了呼噜。不一会儿，他醒了过来，朝我们狡黠地笑了笑，我们吓了一跳，以为他假装醉酒，想着潘趣酒白灌了。但是紧接着，他又倒下继续睡觉了。

我们三个人都准备好了一整块黑面包，用报纸包好。香烟也一起包在里面，另外还有三份以前就有的肝肠。这份礼物还算体面。

我们暂时把东西放在靴子里；靴子一定得带着，以免踩到河对岸的铁丝和碎玻璃。因为我们要先游过去，所以也不需要什么衣服了。天黑了，离出发也不远了。

我们拿着靴子出发了。我们迅速滑入水中，仰面躺着游了起来，把装着东西的靴子举过头顶。

到了河对岸之后，我们小心翼翼地爬了上去，拿出包好的东西，穿好靴子。我们把东西夹在胳膊下，光着湿漉漉的身子，只穿着靴子向前一路小跑，很快就找到了那间房子，它坐落于一片灌木丛中，看起来漆黑一片。勒尔被树根绊倒，划伤了胳膊肘。"没关系。"他高兴地说。

百叶窗关着。我们蹑手蹑脚地绕着房子走，想从缝隙中偷窥。很快，我们就不耐烦了。克罗普突然犹豫起来：

"如果里面有个少校跟她们在一起，那我们怎么办？"

"那就得赶快跑了，"勒尔冷笑道，"他可以从这儿看到我们的番号。"说着，他拍了拍自己的屁股。

大门是开着的。我们的靴子动静很大。门打开一点，光从里面照射出来，一个女人发出了惊恐的尖叫声。我们说："嘘，嘘—camerade—bon ami ①"，然后带着恳求的表情举起了手里包好的东西。

现在能看到另外两个人了，门已经完全打开了，光照在我们的脸上。她们认出了我们，打量起来。她们在门口笑得前仰后合，一定是在嘲笑我们。她们的动作多么妩媚多姿啊。

"Un moment ②——"她们进屋拿了几块布，朝我们扔过来，我们将就着把它们裹在身上。这样就可以进去了。房间里点着一盏小灯，很温暖，有香水的味道。我们把包好的东西打开，拿出来交给她们。她们的眼睛闪着光，看起来饿了很久。这时，大家都感觉有些难为情。勒尔做了个吃东西的手势，于是气氛又活跃起来了。她们拿出了盘子和刀叉，大口地吃了起来。每一片肝肠在送进嘴里之前，她们都会举起来欣赏一下。

她们说着自己的语言——我们听不太懂，但是能听出

---

① 法语，意为"——同伴——好朋友"。
② 法语，意为"等一下"。

来话语中的友好。可能我们看起来很年轻。那个身材苗条、皮肤黝黑的姑娘抚摸着我的头发，说着所有法国女人常说的话："La guerre——grand malheur——pauvres garçons——①"

我紧紧抓住她的手臂，嘴唇贴到她的手心里。她的手指包裹着我的脸。她那性感的眼睛、褐色的柔软皮肤和红唇紧贴着我，嘴里说着我听不懂的话。我也看不透她的眼睛，它们诉说了更多的东西，远超我们到这里来的期待。

房间就在旁边。我路过的时候看到了勒尔；他紧紧地抱着那个金发姑娘，大声地叫着。他对这些轻车熟路。但是我呢——我迷失在遥远、温柔、狂热的幻象中并把自己完全交给它。我的欲望奇怪地混合着渴望和沉沦。我头晕目眩，周围没有任何东西可以支撑。我们把靴子放到门口，换上了拖鞋，现在已经没有任何东西能唤起我们作为士兵的那种自信和狂妄：没有步枪，没有皮带，没有军装，没有军帽。我要把自己沉入未知中，无论发生什么——虽然，我有些害怕。

这个身材苗条、皮肤黝黑的姑娘在思考时会挑动眉毛，但在说话时眉毛却不动了。有时，她的声音，不会变成完整的话语，而是说到一半就被扼杀或者越我而去，像一条弧线，一个轨迹，一颗彗星。我从这些声音中获得了

①法语，意为"战争——太不幸了——可怜的孩子们——"。

什么——现在我又知道什么呢？我几乎听不懂这门外语的字句，它催我入眠。在宁静中，半明半暗的房间变得模糊，只有面对着我的、充满生气的面容愈发清晰。

一张脸能有多少变化啊，一小时之前它还是陌生的，现在却闪着温柔的光，但这种温柔不是来源于它自身，而是因为这漆黑的夜、残酷的世界和战场上流的血。房间里的东西被这种温柔所触动，变得很特别，当我的皮肤被灯的光芒照亮，被冰凉的棕色的手抚摸过时，我的心间竟升腾起敬畏之情。

军队里有军妓，我们也允许到她们的门口排长队等待，但现在的一切与招妓有多大的区别呢？我不愿意去想这些，但它却不自觉地进入我的意识中，我很害怕，因为也许人永远也无法摆脱这种东西。但随后我感受到了她的双唇，也给她以回应，我闭上眼睛，想把战争、恐怖和卑鄙的行为一同抹去，重新唤醒青春的活力和美好的幸福感；我的脑海中浮现出海报女孩儿的画面，有一刻，我甚至认为生命的全部意义就在于赢得她的芳心。我愈发用力地把她拥抱，渴望着奇迹会发生……

之后，我们几个人又聚到一起。勒尔看起来精力充沛。我们热情地跟她们告别，穿上了靴子。夜晚微凉的空气平复了我们炙热的身体。高大的杨树耸立在黑暗中，被风吹得沙沙作响。月亮挂在天际，也倒映在运河的水中。我们没有急着往回跑，而是迈着大步并肩而行。

勒尔说："黑面包给得值啊！"

我不想说话，有些不高兴。

这时，前方传来了脚步声，我们立刻蹲到了灌木丛后面。

脚步声离我们越来越近。我们看到了一个光着身子的士兵，脚上也穿着靴子，跟我们一模一样，他的胳膊下夹着一个包裹，正飞快地向前冲。是特雅登过来了，但马上又没影了。

我们大笑着。明天他就得骂人了。

我们神不知鬼不觉地回到了我们的草褥子上。

我被叫到办公室。连长把休假证和车票交给我，并祝我旅途愉快。我查了一下，一共十七天——十四天休假，三天旅行假。这也太少了吧，我又问他能不能给我五天旅行假。贝尔廷克指了指我的休假证。我这才发现，我不需要立刻返回前线。在假期结束后，我还可以去海德拉格上课。

其他人都很羡慕我。卡特给了我一些建议，告诉我怎样在离开后过得舒服些。"如果你足够聪明的话，就能留在那儿了。"

其实，我更希望在八天后离开，因为我们还要在这里待很久，而这里的生活又让人觉得很舒服。

我理所当然地在食堂里请大家喝了酒。所有人都喝醉了。我有些伤感，我将离开六个星期，虽然这是个天大的好事，但我回来后情况又会怎么样呢？我还能再见到这里的所有人吗？海伊和凯梅里奇已经不在了，——下一个会是谁呢？

大家喝着酒，我的目光从一个人转移到另一个人身上。阿尔伯特坐在我旁边抽烟，他一直很活跃，我们也一直都在一起；卡特斜着肩膀蹲在对面，他的大拇指粗大，声音冷静；长着龅牙的穆勒笑起来很大声；特雅登长着一双老鼠眼；勒尔留着大胡子，看起来像四十岁的人。

我们的头顶烟雾缭绕。没有烟草的士兵会怎么样呢？食堂是个避难所，这里的啤酒不仅是一种饮品，还标志着你可以安全随意地伸展四肢。我们像模像样地把腿伸得老长，舒服地把痰吐到合适的地方。对于一个明天就要启程的人来说，这一切是多么美好啊！

晚上，我们又去了河对岸。我有些害怕告诉那个身材苗条、皮肤黝黑的姑娘，我就要离开了，当我归队时，我们肯定已经在别的地方了；我们再也见不到对方了。但是，她只点了点头，让人察觉不出有什么异样。一开始，我还不太懂，但之后就明白了。勒尔是对的：如果我要上前线，那么她就会重复那句话："pauvre garçon ①"；但是对于一个要去度假的人来说——她们不想知道太多，也不感兴趣。让她们的喋喋不休去见鬼吧。人们相信奇迹，其次就是黑面包。

第二天早上，我在除完身上的虱子后就往火车站走了。阿尔伯特和卡特去送我。我们在站台上听到广播说火车在几个小时之后才能发车，但他们还要回去当值，我们就告了别。

"卡特，保重；阿尔伯特，保重。"

他们走了，朝我挥了几次手。我目送着他们渐行渐远的身影，我太过熟悉他们的步伐和动作，即使在远处也能认出来。过了一会儿，他们就从我的视线里消失了。

我坐在背包上等待着火车出发。

突然间，我变得很不耐烦，想赶快离开。

旅途漫长，我躺过几个月台；在流动厨房前站过几次；也在厚木板上蹲过几次；——终于，熟悉的景色出现了，它压抑而阴沉。景色从傍晚的火车窗前倏忽而过，我看见村庄里的茅草屋顶像帽子一样盖在粉刷过的木屋上，看见麦田在夕阳的余晖下闪着贝母一样的光辉，还看见了果园、

---

① 法语，意为"可怜的孩子"。

谷仓和老菩提树。

车站的名字已经变成可以拨动我心弦的独一无二的词汇。火车隆隆地向前行驶，我站在窗边，手紧紧地抓着窗框。我的青春就隐藏于这些名字之中。

平坦的草地、田野、农场；苍穹下，一辆马车孤单地行驶在路上，与地平线齐平。站在栅栏前等待的农民、挥手的女孩儿、在铁轨上玩耍的孩子、通向乡村的小路、平坦的大道，在这个世界里没有连天的炮火。

已经是傍晚了，如果没有火车的轰隆响声，我肯定会大喊大叫几声。眼前是开阔的平原，在淡淡的蓝色中，远处高山的轮廓开始浮现。我认出了多尔本贝格颇具风格的地貌，那参差不齐的山峰在山巅处突然断裂。它后面就是城市了。

整个世界仿佛慢慢消融在天边变幻着的金红色晚霞中，火车在一个又一个的弯道处发出咔嗒咔嗒的响声；——远处，杨树排着整齐的队形耸立在暗处，给人一种不真实的感觉，微风摇曳着它们的身姿，光与影的交汇中夹杂着渴望。

田野随着它们一起转动；火车绕过树木，离得更近了，此时它们已经成为一个整体，转瞬间就只能看到其中的几棵了；接着，其他的树就又会从最前面的那几棵树后面挤出来，它们孤单地立于天地之间，直到被前面出现的房子遮住身影。

前面就是铁路道口。我站在窗口，无法松开紧握窗框的手。其他人都收拾好自己的东西准备下车了。我却在心中默念着马上要经过的街道的名字——不来梅街——不来梅街——

骑自行车的人、汽车和行人都从铁轨下灰色的街道和涵洞中通过；这画面像母亲一样紧紧地抓住了我的心。

火车停了，火车站里充满了噪声，到处都是喊声和指示牌。我打开背包，拉紧肩带，拿起步枪，迈着踉跄的步子往下走去。

我在站台上环顾四周；这些行色匆匆的人我一个也不认识。一名红十字会的护士给了我一杯饮料。我转过身去，她憨憨地笑了，彰显着自己的重要性：看看，我给士兵送了一杯咖啡。她叫我"同志"，我很想念这个称呼。

在火车站前面，河水从磨坊桥的水闸里汹涌而出，在路边汩汩流着。古老的方形瞭望塔矗立在旁边，前面是五颜六色的菩提树，暮色就是它的背景。

以前我们经常坐在这里——这是多久以前的事了，我们穿过这座桥，就能闻到堵在水坝里的凉爽又略带臭味的水的气味；俯身在水闸这边平静的潮水上，就能看到桥墩上长着的绿色爬山虎和藻类；——在水闸的另一边，一个炎热的夏日，我们一边期待溅起的泡沫，一边说着老师的闲话。我走过桥，左右看了看：水里仍然长满了藻类，还能看见桥在水中明亮的拱形倒影；——塔楼里的熨衣女工还像以前一样赤裸着胳膊站在白色的衣服前，熨斗的热气从打开的窗户里涌出。小狗无精打采地穿过狭窄的街道，人们站在门前，看着背着行囊的、脏兮兮的我从旁边经过。

我们以前在这家甜品店吃过冰激凌，还在门口练习抽烟。当我走过这条街，我清晰地记得每一栋房子，我知道进口商店在哪儿，也知道哪个是药店和面包店。我在那扇有着破旧把手的棕色大门前停了下来，手突然变得异常沉重。我打开门，凉意扑面而来，模糊了我的眼睛。

楼梯被我的靴子踩得吱吱作响。楼上的门开了，有人扶着栏杆往下望。厨房的门被打开了，她们正在烤土豆饼，家里全是这个味道，今天是星期六，一定是我的姐姐在弯着腰往下看。有那么一瞬间，我感到羞愧，低下了头，随后我又摘下头盔，抬头看了看。确实，是我的大姐。

"保尔，"她喊道，"保尔——！"

我点点头，背包撞到了栏杆上，手里的步枪突然变得很沉重。

她拉开一扇门，喊道："妈妈，妈妈，保尔回来了。"我寸步难行。妈妈，妈妈，你的保尔回来了。

我倚在墙上，紧紧抱住我的头盔和步枪。我用尽全力攥紧它们，但却一步也迈不出去，楼梯仿佛在我眼前消失了，我把枪托放到脚上，愤怒地咬紧牙关，但我无法回应姐姐的呼喊，一个字也说不出来。我粗暴地强迫自己露出笑容，说上几句话，但还是无法开口，我就这样站在楼梯上，不幸地，无助地，在可怕的痉挛中什么也不想做，眼泪就这样顺着脸颊一直流。

我的姐姐折回来问道："你怎么了——？"

我打起精神，跟跟跄跄地走到过道，把步枪立在墙角，背包靠在墙边，摘下头盔放在上面。我解开挂在腰带上的东西，生气地说："现在能给我一条手帕吗！"

她从箱子里拿出一条递给我，我擦了擦脸。头顶的墙上挂着一个玻璃盒，里面有我以前收集过的彩色蝴蝶标本。

此时，我听到母亲的声音从卧室里传来。

"妈妈还没起来吗？"我问姐姐。

"她病了——"姐姐回答。

我走进卧室，到了她的身边，伸出手，尽量平静地对她说："妈妈，是我。"

她静静地躺在昏暗的房间中，我能感觉到她的目光正在打量着我，她害怕地问："你受伤了吗？"

"没有，我只是在休假。"

妈妈脸色苍白。我害怕开灯。"我现在高兴不起来，"她说，"只能躺着哭。"

"你病了吗，妈妈？"我问。

"我今天会下床的。"她说，把脸转向姐姐。姐姐总得往厨房跑，以免食物被烧焦："把蔓越莓罐头打开，——你不是最爱吃这个吗？"她问我。

"是啊，妈妈，我有好长时间没吃过了。"

"好像我们早就知道你要回来似的，"姐姐笑道，"现在正在做你最爱吃的土豆饼，还有蔓越莓罐头呢。"

"今天也是星期六。"我回答说。

"坐到我这儿来。"妈妈说。

她看着我。她的手跟我相比显得苍白、消瘦、略带病态。我们只说了几句话，我很庆幸她没有问太多问题。我还能说什么呢？一切可能发生的事情都发生了。我现在完好无损地回来了，正坐在她身边。我的姐姐在厨房里忙着做晚饭，嘴里唱着歌。

"我亲爱的孩子啊。"妈妈轻声地说。

我的家人从来不善于表达，对于要干很多活儿、操很多心的穷苦人家来说，很难听到这样的话。他们既不能理解为什么要这样说话，也不会经常说这样的话。当我的妈妈说出"亲爱的孩子"时，会比其他人带有更多的感情。我知道，蔓越莓罐头是这几个月里唯一的一听，是她专门留给我的，就像她给我留了很久、已经变味的饼干一样。她肯定是在什么时候拿到了几块，然后收起来给我留着。

我坐在她的床边，透过窗户看到对面旅馆花园里的栗子闪着金棕色的光。我慢慢地调整呼吸，告诉自己：你已经到家了，你已经到家了。但是被束缚的感觉仍然没有消失，我还不能完全找回以前的感觉。这是我的妈妈，这是我的姐姐，这是我的蝴蝶标本盒和桃花心木钢琴——但我的意识还是不能完全进入当下的环境；中间仿佛隔着层纱，总感觉少了点什么。

于是，我拿来背包放在窗边，打开我带回来的东西：卡特给我准备的一整块伊达姆奶酪，两块黑面包，四分之三磅黄油，两小听肝肠，一磅动物油和一小袋米。

"这些你们一定用得上——"

她们点点头。"这里的情况糟吗？"我问。

"对啊，食物有些紧缺。你们在外面食物充足吗？"

我笑了笑，用手指着带回来的东西。"并不总是那么多，但也还不错。"

姐姐把东西拿走了。妈妈突然抓起我的手，犹豫地问我："外面的情况很糟糕吗，保尔？"

妈妈，我该怎么回答你呢？你永远也不会明白。你永远也无法理解。

我摇了摇头说："不，妈妈，没有很糟。我们跟很多人在一起，所以情况就没那么糟了。"

"好吧，但是不久之前海因里希·布雷德迈尔来过，他说现在外面的情况很不好，有毒气，还有其他可怕的东西。"

这是从我妈妈嘴里说出的话。她说：有毒气，还有其他可怕的东西。她不知道从她嘴里说出的话意味着什么，而只是在为我担心。难道我能告诉她我们曾经发现了三个敌军的战壕，里面的人像中风一样保持着僵硬的姿势？在防护墙和掩体里，他们有的站着，有的躺着，脸色发青，已经死去了。

"哎，妈妈，他就是随口说说，"我回答道，"布雷德迈尔乱说的。你看看，我现在不是好好的吗，还长胖了一些——"

我在妈妈充满担心的关切中恢复了平静。现在我可以到处走走，跟其他人说说话了，不用担心突然会无力地倚在墙上，因为这个世界又变得像橡胶一样柔软，血管也像火棉一样不再紧绷了。

妈妈想下床，我走到厨房去找姐姐。"她得了什么病？"我问。

她耸了耸肩："她已经卧床几个月了，但我们又不能给你写信。好几个医生都来看过她了。其中一个说可能是癌症。"

我得去区指挥部报到。我慢慢地走在街上。到处都是跟我打招呼的人。因为没什么想说的，所以我不想耽搁太久。当我从军营里出来时，一个响亮的声音叫住了我。我转过身，有些恍惚，与一位少校面对面。他叱责我道："您不跟我打招呼吗？"

"对不起，少校先生，"我疑惑地说，"我没看见您。"

他的声音更大了："您不会得体地说话吗？"

我想挥起拳头打他的脸，但还是控制住了自己，因为这会毁掉我的假期，于是我收紧身体说道："我没看见少校先生。"

"那您最好小心点！"他呵斥道，"您叫什么名字？"

我报告了我的名字。

他那张又红又胖的脸上还有怒气，"哪个兵团的？"

我按照规定进行报告，但他觉得还不够。

"您驻扎在哪儿？"

我现在已经受够了，"在朗格玛克和比克斯肖特之间。"

"那为什么出现在这里？"他问道，有点不解。

我跟他解释，在一小时之前我已经开始休假了，我想在他听到这些之后就会马上离开。但是我错了。他变得更疯狂："把前线的那一套放到这里感觉不错，是吗？绝不可能！谢天谢地，这里还有秩序！"

他命令道："退后二十步，齐步走，齐步走！"

我的内心升起一股沉闷的怒火。但是我不能反抗，只要他想，就可以立刻逮捕我。因此，我马上退后，重新开步向前，在距离他六米的地方给他行了一个干净利落的军礼，直到走到他身后六米才把手放下。

他又把我叫了过去，用随和的语气跟我说，他这次是将仁慈置于纪律之上。我表达了自己的感激之情。"解散！"他命令道。我迅速转身离开了。

这件事很扫兴，让我对美好的夜晚失去了兴致。我打算回家后就把制服扔到角落，穿上从柜子里取出的便装。

便装让我感觉很不习惯。这套西装又小又紧，因为我在军队里长高了。领子和领带给我添了很多麻烦，最后还是姐姐帮我打上了领结。不过西装真轻便啊，好像只穿着内裤和衬衫。

我从镜子里打量自己。镜子里的人看起来有些奇怪。一个被太阳晒得皮肤黝黑、长大了的青年正在惊讶地看着我。

妈妈很高兴看到我穿回了便装；对她来说，这样的我更熟悉。爸爸却更喜欢我穿制服，他想让我穿着制服去见熟人。

但我拒绝了。

能安静地坐着就是很美好的事情了，比如说在栗子树对面、靠近保龄球球场的旅馆花园里。秋天的第一批落叶稀稀落落地飘到桌子和地面上。我的面前放着一杯啤酒；

喝酒还是在军队里学的呢。杯里的啤酒味道不错，又很清凉，剩下的一半还够我再喝上几口，如果我愿意的话，还能再点第二杯和第三杯。这里没有集合，也没有密集的炮火，旅馆老板的孩子在保龄球球场上玩耍，小狗把头放在我的膝盖上。天空是蓝色的，在栗子树的树叶间耸立着玛格丽特教堂的绿色塔楼。

这种感觉非常好，我很喜欢。但我还是不想跟人打交道。唯一什么都不问的只有妈妈。爸爸就完全不同了。他想让我告诉他一些外面的事情，但对我来说他的愿望是有些自我感动在里面的，而且很愚蠢，我跟他已经没什么共同语言了。他最喜欢的就是能一直听到这些事情。我能理解，他不知道这种事是不能说的，虽然我想满足他的愿望，但同时我也面临着危险，一旦说出来，恐惧可能会涨到无法控制。如果所有人都知道外面发生了什么，那么以后该如何自处呢？

所以我只会跟他讲一些趣事。但是，当他问我参没参加过近战的时候，我说没有，然后就起身离开了。

但这并不能让情况有所改善。我在街上被吓到好几次，因为电车刺耳的声音听起来就像逐渐靠近的手榴弹，一天，突然有人拍我的肩膀。是我以前的语文老师，他又问了大家都会问的问题。"外面怎么样啊。可怕啊，真可怕，不是吗？是的，这真吓人，但是我们必须得坚持下去。毕竟，我听说在外面至少伙食还是不错的。一切看起来都还可以。保尔，你变得结实了。这儿的情况当然更糟，当然，这是理所应当的，最好的肯定要给我们的士兵！"

他带我去了一个饭局。大家都热情地招待我，一个主任跟我握手，说道："那么，您是从前线回来的？前线战士的心理状态怎么样？特别好，特别好，是吗？"

我跟他解释说，每个人都想回家。

他大声地笑着："这我相信！但是你们得先把法国人痛打一顿。您抽烟吗？给，点上一根吧。服务员，给我们年轻的战士也来杯啤酒。"

很可惜，我接下了雪茄，不得不待在这儿。所有人都在表达善意，这无可指摘。但我还是有些恼火，尽量用最快的速度把烟抽完。我能做的就是一口气灌下了整杯啤酒。紧接着，就有人给我点了第二杯；这些人都知道他们对士兵的亏欠。他们争论着，哪些地方是我们要用武力吞并的——系着铁怀表链的主任想要的最多：整个比利时，法国的煤炭区以及俄罗斯的大片土地。对于我们为什么要占领这些地方，他给出了充分的理由，并且还要求我们坚强不屈，直到他们最终投降。随后，他开始解释要从法国的哪个地方进行突破，接着把脸转向我，说道："用你们持久的阵地战慢慢向前进攻吧！把这些人都赶出去，和平就来了。"

我回答他，他认为的突破完全不可能。那个地方有敌方太多的后备军。另外，战争也跟人们想象的不一样。

他十分自负地对我进行了否定，向我证明我对此一无所知。"确实，对于个体来说是这样的。"他说，"但是整体就不一样了。您不能这样评价这件事。您只看到您所在的很小的一部分，却缺少对全局的了解。您履行自己的职责，冒着生命危险，这确实值得最高的荣誉——你们每个人都应该获得铁十字勋章——但是前提是要突破弗兰德地区的战线，然后自上而下地击败他们。

他喘着粗气，用手摸了摸胡子，"必须击败他们，自上而下。然后就是巴黎了。"

我很想知道他是怎么想到这些的，接着又灌下了第三瓶啤酒。他马上又让人拿来了一杯。

但我要离开了。他又往我的包里塞了几根雪茄，友好地拍了拍我，让我走了，"一切顺利！希望很快能听到你们的好消息。"

我想象中的假期并不是现在这样。一年前对它的想象也是另外一个样子。我想，在这段时间里是我变了。现在和过去之间存在着一道鸿沟。那时我们还在比较平静的地段，仍不了解战争。现在我意识到，在不知不觉间，我的精神和肉体都承受了更大的折磨。我不认识这里了，它对我来说已经成为一个陌生的世界。有人问，有人不问，你可以看到他们为此感到自豪；他们的脸上甚至经常带着无所不知的表情，心照不宣地表明你对一些事情应该缄口不言。他们就这样臆想着。

我喜欢独处，没有人会打扰我。因为他们的问题一定是会绕到同样的事情上——情况有多糟，情况有多好，一个人这样认为，另一个那样想——他们总会根据自己生存的状况对事情做出快速的反应。以前我也用完全相同的方式生活着，但是现在却再也无法认同他们了。

他们会跟我说很多话，有着我不能理解的忧虑、目标和希望。有时，我跟他们中的某个人坐在小旅店的花园里说话，试着让他明白，能安静地坐着比什么都强。他们当然明白我的意思，承认并且同意我的话，但只是嘴上说说，就是这样——他们能感受到它，但又不能完全感受到，还会分心到其他事情上；他们是分裂的，没有人能用完整的生命感受它；我自己也不太能说清楚我想表达的意思。

当我看到他们在自己的房间里，在自己的办公室中，做着自己的工作时，我无法抗拒地被吸引了，我也想成为其中的一员，从而忘记战争；但却又立即感到厌烦，它太狭隘了，怎么能让生活变得充实呢？你应该把它击碎；当弹片还在弹坑上呼啸而过时，当信号弹升上天际时，当伤员被放在帐篷布上被拖回来时，当战友们不得不进入战壕时，你怎么可能对这一切置之不理呢！——在这里的是另一群人，他们是我无法真正理解的人，也是我既羡慕又鄙视的人。我应该想想卡特、阿尔伯特、穆勒和特雅登，他们现在在做什么呢？可能正坐在食堂里吃饭或者正在游泳——但不久后，他们还是要上前线。

在我房间的桌子后面放着一个棕色的皮沙发。我坐了上去。

墙上挂着许多用图钉钉起来的照片，都是我以前从杂志上剪下来的，中间还有一些我喜欢的明信片和画。角落里有个小铁炉。对面的墙边放着书架。

当兵前我就住在这个房间里。书是我用打零工赚来的钱一点一点买来的。其中许多都是旧版，比如所有的经典作品就都是旧的，其中一卷是蓝色亚麻布精装本，花了一马克二十芬尼。我买齐了一整个系列，因为我很谨慎，不相信编者能把最好的作品都放进精选集中。所以我只买"全集"。我怀着真诚的渴望去阅读，但是大部分都没有真正地吸引我。让我更感兴趣的是一些偏现代的书，当然也更贵。其中一些是采用非法手段获得的——我把它们借出来但不归还，因为我一刻也不想与它们分离。

书架的抽屉里装满了教科书。它们已经被翻旧了，很多书页也被撕掉了，原因不言自明。下面则是笔记本、证件和信，还有图画和一些草图。

我想回忆过去的时光。它还在这个房间里，我一进来就能感觉到是四面的墙壁阻止了它的逝去，把它保留下来。我把手放在沙发背上；为了让自己舒服一点，我把腿也抬了起来，就这样舒适地坐在角落，坐在沙发的怀抱里。房间里的小窗开着，向我展示着街道上熟悉的画面，画面的尽头是高耸的教堂尖塔。桌上放着几朵花。蘸水钢笔、铅笔、被当作镇纸的贝壳、墨水瓶，——这里的一切一如往昔。

如果在战争结束后我能幸运地回来，我的房间应该也还是现在这样。我也同样会坐在这里，看着它，等待着。

一丝激动涌上心头；但我并不想这样，因为这种感觉是错的。当我走到书本前的时候，我想要像以前一样感受到宁静的陶醉，感受到强烈的、不可名状的渴望；从彩色的书脊中升腾起来的希望之火再次攫获我的心，熔化掉在我心底某处沉重而了无生气的铅块，重新唤醒我对未来急切的渴望和对思想世界的狂喜：让它把已经失去的年轻人的朝气重新还给我。

我仍然坐在那里等待着。

我想起来得去看看凯梅里奇的妈妈；还可以去找米特尔斯塔德，他肯定还在军营里。我向窗外望去：洒满阳光的街景后面是若隐若现的山丘，我脑海中浮现出以前的场景，那天秋高气爽，我坐在火堆旁跟卡特和阿尔伯特一起吃碗里的烤土豆。

但我不想去想这些，就把它们从头脑中擦去了。我想让这个房间说话，让它抓住我的心，承载着我的感情；我想让自己感觉到我是属于这里的，仔细倾听着，为了再上前线时还能清楚地记得：当归乡潮来临时，战争就沉没了，它已然结束却并没有摧毁我们，除了身体上的伤害，对我们没有任何的影响。

这些书的书脊并排而立。我熟悉它们，也还记得当时是怎样摆放它们的。我用眼睛请求它们：跟我说话吧——收留我吧——昔日的生活，快接纳我吧——无忧无虑的，美好的生活——重新接纳我吧——

我还在等待。

一幅幅画面闪过，没有停留，只是幻影和回忆。

什么都没有——什么都没有。

我越来越不安了。

一种可怕的陌生感突然在我心中升起。我找不到回去的路，我被排除在外；无论我怎么请求，怎么努力，它们也无法感动我，我冷漠而悲哀地坐在那里，像一个被判刑的人，过去已拒我于千里之外。同时，太多的回忆又让我感到害怕，因为我不知道以后会发生什么。我是一名士兵，这是我必须牢记的一点。

我疲惫地起身，向窗外望去，接着，拿起一本书翻了翻，又放下了，又拿起了另一本。书里有我以前做过的标记。就这样，我拿起一本书，翻了几页之后又去拿新的，旁边已经堆起了一摞书。其他的东西也被匆忙地放了上去——几幅画、笔记本，还有信件。

我默默地站在它们面前，就像站在法庭上。

我怅然若失。

书里的话语、词句、格言——都没有跟我产生任何联系。

慢慢的，我又把它们放回到书架上。

一切都过去了。

我无言地走出了房间。

我还没有放弃。虽然我不会再走进我的房间，但还是安慰自己，不过才几天的时间，不一定就是结束。以后会有很多时间来做这件事。我临时起意去军营里找米特尔斯塔德，我们坐在他的房间里，那里的空气我不喜欢，但却很熟悉。

米特尔斯塔德告诉了我一件让我心花怒放的新鲜事。他跟我说，坎托雷克也被征召为后备兵了。"你能想象吗？"他说，拿出了几支上好的雪茄，"我从野战医院到这儿来，他正好落到我手里。他朝我伸出爪子，聒噪着说：

'您也在这儿啊，米特尔斯塔德，您最近怎么样？'我看看他，回答说：'后备兵坎托雷克，执勤归执勤，喝酒归喝酒，您最好知道这一点。当您跟上级说话的时候，请您摆正态度。'——你要是能看到他当时的脸色就好了！简直就是酸黄瓜和哑弹的结合。他一下子慌了，然后又试了巴结我。之后，我说话的态度就更严厉了。接着他放了大招，亲昵地问我：'要我给你辅导毕业考试吗？'你看，他还想要提醒我。然后我的火就上来了，我也想提醒他一下。'后备兵坎托雷克，两年前是您鼓动我们到区域指挥部参军；约瑟夫·贝姆其实并不愿意，他在应征入伍前的三个月就牺牲了。没有您的话，他就能多活些日子。现在：解散。我们以后再谈。'——对我来说，请求分配到他的连队并不是什么难事。到了那儿，我做的第一件事就挑选他去兵器储藏室，让他看管那些漂亮的装备。你很快就能见到他。"

我们走到院子里。连队已经集合了。米特尔斯塔德下了"稍息"的命令，然后开始检查起来。

我看到了坎托雷克，不得不忍住笑。他穿着一件褪色的蓝色及膝上衣，背部和袖子上有很大块的深色补丁。这件衣服以前的主人肯定是个大高个儿。破破烂烂的黑色裤子有些短，还没到他小腿肚子的一半。但是鞋子很大，是那种既硬又笨重的旧鞋，鞋头很尖，两侧还要系带。好像为了平衡这身装扮，他还戴了一顶又小又脏的无檐野战帽。

一整个儿给人可怜兮兮的感觉。

米特尔斯塔德走到他面前说："后备兵坎托雷克，这就是您擦的纽扣吗？看来您永远也学不会了。不及格，坎托雷克，不及格——"

我的内心深处在高兴地大笑。坎托雷克在学校里就是这样训斥米特尔斯塔德的，连语气都一样："不及格，米特尔斯塔德，不及格——"

米特尔斯塔德继续指责他："您看看博伊特尔，他可以当作模范，您可以向他学学。"

我几乎不敢相信我的眼睛。博伊特尔竟然也在这里。博伊特尔，我们学校的门卫。而且他还是模范！坎托雷克瞪了我一眼，好像要吃了我。但我只对着他的嘴脸露出幸灾乐祸而又无伤大雅的讥笑，假装根本不认识他。

头顶着无檐野战帽和穿着制服的他看起来多么傻啊！以前他端坐在讲台上，因为法语不规则变化动词而拿着铅笔批评我们，其实这些东西以后到法国根本派不上用场，而我们曾经却被这样的人吓得够呛。那差不多是两年前的事了——现在站在这里的是后备兵坎托雷克，他突然失去了光环，弯屈的膝盖和胳膊就像锅把手，纽扣擦得不亮，站姿也很可笑，是个不像样的士兵。我无法把他现在的形象跟以前站在讲台上的光辉形象联系起来，如果这个家伙再像以前一样对我们这些老兵提问："鲍默，说出动词

aller^① 的 Imparfait ^②——"我很好奇我会怎么做。

眼下，米特尔斯塔德临时要求训练散兵队形。坎托雷克被他慷慨地委任为队长。

这是有特殊意义的。在训练散兵队形时，队长必须始终站在队伍前面二十步的位置上——然后听命令：转身——前进！整个队伍就会转换方向，这个时候，队长就突然落在了队伍的后二十步，他必须向前奔跑，以便再次站在队伍前面二十步的位置上。总共是四十步，前进，前进！当命令再次下达，他就得迅速从一边跑向另一边，又是四十步。小组里的其他士兵只是舒服地转身，再走上几步，但是队长却得快速地跑来跑去。这一过程不过是希梅尔斯托斯众多行之有效的秘方之一。

坎托雷克不能对米特尔斯塔德提出其他要求，因为他曾让米特尔斯塔德留了一级，而米特尔斯塔德如果在重新上战场前不好好利用这次机会，那可就太蠢了。如果所有军队都能提供这样的机会，那么人可能会死得更甘心一些。

演练期间，坎托雷克像一头受惊的野猪似的来回奔跑。过了一会儿，米特尔斯塔德下令停止，开始了另外一项重要的训练——匍匐前进训练。坎托雷克用膝盖和胳膊肘向前行进着，按照规定手里必须握着枪，他华丽的身影穿过

---

① 法语动词，意为"去"。
② 法语词，意为"完成时态"。

沙地，从我们旁边爬过去了。他用力地喘着气，对我们来说，他的喘气声就像音乐一样美妙。

米特尔斯塔德用教师坎托雷克的话来鼓励后备兵坎托雷克，"后备兵坎托雷克，我们能生活在这样伟大的时代是很幸运的，所以必须打起精神，克服困难。"

坎托雷克从嘴里吐出夹在齿缝间的一小块脏木头，此时的他已经汗流浃背。

米特尔斯塔德弯下腰，恳切地说："后备兵坎托雷克，做好每一个细节才是成就大事的基础！"

我很惊讶，坎托雷克没有被气得发疯，尤其在接下来的体能训练中。米特尔斯塔德惟妙惟肖地模仿他，当他在横梁上做引体向上时，米特尔斯塔德拉住他的裤子，让他的下巴紧紧地卡在杆子上；同时，米特尔斯塔德还不停地发表着睿智的演讲。

之后，米特尔斯塔德开始分配其他任务，"坎托雷克和博伊特尔去拿面包！带上手推车。"

几分钟后，他们俩就推着手推车走了。坎托雷克愤怒地低着头。门卫很骄傲，因为他得到了一份轻松的差事。

面包厂在城市的另一端。两个人来回一趟得穿过整个城市。

"这个活儿他们已经干了几天了。"米特尔斯塔德讥笑着说，"有人已经迫不及待地想要看他们出糗呢。"

"厉害，"我说，"但是他没向上面申诉吗？"

"已经试过了！我们的指挥官在听到他的事迹后笑得前仰后合。他也受不了那些教师。另外，我正跟他的女儿求爱。"

"他会搞砸你的考试的。"

"管他的，"米特尔斯塔德平静地说，"他的申诉没有任何意义，因为我可以证明，他干的差事一般都比较轻松。"

"你就不能给他派点困难的活儿吗？"我问。

"他太蠢了，干不了那样的活儿。"米特尔斯塔德带着优越感大度地说。

假期的意义是什么呢？——是游移不定，结束后它会让所有的事情都变得更加难以接受。现在，我就已经能感受到离别的伤感了。妈妈沉默地看着我——她在数日子，我知道——每天早上她都很伤心。又少了一天。她已经把我的背包放在别的地方，不想一看到它就想起我马上又要离开的事实。

人在思考的时候，时间总是过得很快。我打起精神，陪姐姐去屠宰场买了几斤骨头。今天有优惠，所以一大早就有很多人站在那里排队。好几个人已经快站不住了。

我们没那么幸运。在轮流排了三个小时的队之后，队伍就解散了。骨头卖完了。

　　幸亏我带回了我的口粮。我从里面拿了一部分给妈妈，这样所有人就能吃上一顿丰盛的饭菜了。

　　日子越来越沉重，妈妈的眼神也越来越悲伤。还剩下四天，我得去看看凯梅里奇的妈妈了。

　　我实在无法记录下这一切。这个颤抖着，抽泣着的女人用力地摇晃着我，朝我大喊："为什么你还活着，而他却死了！"她的眼泪和哭声淹没了我，"为什么你们会在这里，孩子，你们怎么——"她缩回椅子里，哭着说，"你看到他了吗？你看到他了吗？他是怎么死的啊？"

　　我告诉她，凯梅里奇被枪射中心脏后当场就死了。她看着我，怀疑地说："你在撒谎。我比你更清楚。我能感觉到他死的时候有多痛苦。我听到了他的声音，晚上，我能感受到他的恐惧——告诉我真相吧，我想知道，我想知道。"

　　"不是的，"我说，"我当时就在他旁边。他就是这样死去的。"

　　她轻声地恳求我："告诉我吧。你得告诉我真相。我知道你想要用这样的话来安慰我，但是你不知道，谎言比真相更折磨人。我无法忍受这种不确定，就算很可怕，也请告诉我真相吧。无论怎样也比我胡思乱想要好得多。"

　　我永远也不会说出来，宁愿让她把我剁成肉酱。我同情她，但也觉得她有点傻。她应该满足了。无论她知不知

道，凯梅里奇也死了。如果一个人看到很多死人时，那么
他就不能完全理解只为其中一个人而产生这么多的痛苦。
我不耐烦地说："他当场就死了，根本没怎么痛苦。他的表
情很安详。"

她不说话了。接着，她慢慢地问："你能发誓吗？"

"能，我能。"

"在所有对你来说神圣的东西面前？"

对我来说还有什么是神圣的呢？——在我们身上，它
们总是变得很快。

"我可以发誓，他当场就死了。"

"如果这不是真的，那你就永远也回不来？"

"如果他没有立刻死掉，那我就永远也回不来了。"

谁知道在我身上会发生什么呢。但是她好像相信了我
的话。她呻吟着哭了很久。我应该先编个能让自己也相信
的故事再跟她说的。

我离开的时候，她吻了我，送给我一张凯梅里奇的照
片。他当时穿着军装靠在一张圆桌边上，桌腿是尚未撕去
皮的桦树枝干。他的后面是画上去的森林背景，桌上还放
着一个大啤酒杯。

这是我在家的最后一晚。所有人都沉默不语。我早早
上了床，抓住枕头紧紧地压在胸口，把头埋了进去。谁知

道我以后还能不能再躺在这样的羽绒床上呢！

深夜，妈妈还是来到我的房间。她以为我睡着了，我也假装睡着了。无论是谈话还是清醒地面对彼此，都太难了。

她一直坐到天亮，虽然她很痛苦，有时甚至疼得弯下了腰。最后我忍不住了，就假装刚刚醒来。

"去睡觉吧妈妈，在这坐着会着凉的。"

"你走以后，我有的是时间睡觉。"

我坐了起来，"我不会马上上战场的，妈妈。我还得在野外营地里待四周呢。或许我还能在周日回家一趟。"

她不说话了，接着，轻声地问我："你很害怕吗？"

"妈妈，我不害怕。"

"我还想提醒你：小心法国女人。她们可坏了。"

妈妈，妈妈啊！对你来说我还是个孩子——但为什么我不能扑到你的怀里大哭一场呢？为什么我得一直假装坚强和镇定呢？我想要哭出来，我想要得到安慰，我没比一个孩子大多少，柜子里还挂着我以前的穿过的短裤呢——从那个时候到现在并没有过去很长时间啊，但为什么一切都结束了呢？

我尽可能平静地说："我们待的地方没有女人啊，妈妈。"

"上战场的时候小心一些，保尔。"

妈妈，妈妈啊！为什么我不能抱住你，然后死在一起呢。我们多么像可怜的狗啊！

"好的，妈妈，我会的。"

"我会每天为你祈祷的，保尔。"

妈妈，妈妈啊！让我们站起来，离开这里，回到过去，直到所有的痛苦不再降临在我们的身上，回到只有我和你的过去，妈妈！

"或许，你可以找一个不那么危险的岗位。"

"是的，妈妈，也许我可以去厨房工作，这也是可能的。"

"就算别人说闲话，你也得去——"

"我不关心这些，妈妈——"

她叹了口气，脸在黑暗中散发着白色的光芒。

"现在你得去睡觉了，妈妈。"

她没有回答。我站起来把被子披到她的肩膀上。她用胳膊支撑着自己，看起来很痛苦。我把她送回房间，陪着她待了一会儿。"妈妈，你要注意身体，等我回来。"

"好，好的，我的孩子。"

"你们不用给我寄东西了，妈妈。我们在外面有足够的食物。你们更需要这些。"

躺在床上的她看起来多么可怜啊，她，爱我胜过一切。当我准备离开的时候，她匆忙地说："我给你买了两条衬裤，是上好的羊毛料子，很保暖。你千万别忘了把它们也装到背包里去啊。"

妈妈啊，我知道你为了这两条衬裤费了多大的劲，跑了多少趟，求了多少人①！妈妈啊，妈妈，没有人能理解我必须离开你的这件事，除了你，没有人有权利支配我。我还坐在这里，你躺在那里，我们本应该有千言万语，但却一句话也说不出来。

"晚安，妈妈。"

"晚安，我的孩子。"

房间里很暗。妈妈均匀的呼吸声伴随着钟表的嘀嗒声。窗外，风在吹。栗子树沙沙作响。

走进过道的时候，我被背包绊了一下，它已经打包好放在那里了，因为明天一早我就得启程。

我咬住枕头，用手紧紧抓住床边的护栏。我不应该回来的。我在外面可以一直无动于衷，时常处于绝望的状态下——但我再也不能这样了。我以前是一名士兵，而现在只有痛苦，对自己，对母亲，也对所有让人绝望和永无止境的一切。

我宁愿没有休假。

---

① 当时物资紧缺，这样的衬裤是很难买到的。

VIII

荒野宿营地①的兵营我还是知道的。以前，希梅尔斯托斯就是在这里教训的特雅登。除此之外，这里的人我一个也不认识；唯一不变的就是一切都在变化。只有几个人我有些眼熟。

我的工作比较程式化。晚上，我一般都待在士兵之家，我不看那里的杂志，但会经常弹钢琴。有两个姑娘在那儿服务，其中一个还很年轻。

宿营地被高高的铁丝网围了起来。如果我们很晚才从士兵之家出来，就必须得出示通行证。当然，与守卫关系

① 位于奥斯纳布吕克周围的荒地。

好的人也可以直接爬过去。

我们每天会在荒野上的杜松和白桦林之间进行连队演习。如果训练要求不高的话，还是能忍受的。士兵们向前跑，卧倒，他们的呼吸吹拂着草茎与野花；离地面很近的时候，可以看见透明的沙子，它们像实验室里的沙子一样纯净，由许多小沙粒组成。它们有一种奇怪的吸引力，让人总想把手伸进去。

但最漂亮的还是被白桦林包围着的森林。它们每时每刻都在变换颜色。这一刻，树干还是耀眼明亮的白色，粉蜡般的绿叶蓬松绵软地摇曳其间——下一刻，这一切就变成欧泊石的蓝色，闪着银光掠过树叶的边缘，覆盖了之前的绿色——当云遮住太阳时，一个地方又会突然变黑。影子幽灵般地在苍白的树干间游走，接着穿过荒野到达地平线——其间的白桦树就像节日的旗帜，白色的杆子立在被染得金红的叶子前。

我经常会迷失在这精致透明的光与影的交汇中，有时会听不到命令——当一个人独处时，他就会开始观察自然，热爱自然。我在这里跟其他人没有太多的联系，也不希望跟他们有更深入的接触。我们彼此了解得太少，除了闲聊，晚上一起玩"十七和四"、掷掷骰子，也没什么其他事情可做了。

我们营房的旁边就是一个很大的俄国战俘营。虽然中间用铁丝墙隔开，但是囚犯们还是能到我们这边来。他们表现得非常害羞和恐惧，基本上都胡子拉碴，个头高大；这让他们看起来像刚刚被痛打过的温驯的圣伯纳犬。

他们在我们的兵营周围转悠，翻着垃圾桶。你能想象到他们可以在里面找到什么。我们的食物本来就紧缺，而且还很差——甘蓝被切成六段放在水里煮，胡萝卜根上还有泥；发霉的土豆已经算是美食了，最好的要数稀粥了，上面还漂着被切得很小的牛腱子肉粒，小到根本找不到。

虽然饭菜差，但都被我们吃光了。如果真的有人吃不了，那么会有十个人愿意从他那里把剩下的拿走。只有不够一勺的残羹剩饭才会被冲洗掉，倒入垃圾桶。里面还会有一些甘蓝皮、发霉的面包边和各种污物。这种稀薄、浑浊的脏水就是这些囚犯们的目标。他们贪婪地把污水从发臭的垃圾桶中舀出来，藏在衣服下面带走。

近距离观察我们的敌人，让人有一种奇怪的感觉。他们的脸引人深思，这是善良的农民的脸：宽阔的额头，宽大的鼻子，厚厚的嘴唇，肥大的手，卷曲的头发，他们看起来比我们弗里斯兰的农民还要和善。现在的他们本应该去犁地，收割庄稼，摘苹果。

看到他们蹒跚的步伐和乞讨食物的举动，让人感到悲伤。他们很虚弱，因为得到的食物只够勉强维生。我们自己都已经很久没吃过饱饭了。他们得了痢疾，其中的几个人露出胆怯的神情，偷偷摸摸地露出衬衫上的血迹。他们的后背和脖子佝偻着，膝盖弯屈着，当他们伸出手用仅会的几个词乞讨时，头就歪着从下往上看——他们的声音是温和轻柔的男低音，仿佛此刻还在家乡，待在有壁炉的房间里。

有的人会故意给他们一脚，让他们摔倒——但只有少数几个人会这样做。大多数从他们身边经过的人都不会伤害他们。偶尔会有人感到非常痛苦，在恼火的时候踢他们一下。如果他们能不那样看着别人就好了——他们的眼睛，用大拇指就能遮住的一小块地方，流露出怎样的绝望啊！

晚上的时候他们会到营房来进行交易，用身上的一切来交换面包。有时会成功，因为他们的靴子比我们的好多了。他们长筒靴的皮质非常软，像用俄国皮革做的。我们这儿的农家子弟会收到家里寄来的有油水的东西，他们能买得起。一双靴子的价钱大概是两块黑面包或者一块黑面包加一小块硬瘦肉香肠。

但是俄国人早就已经把他们能换的东西都换完了。他们穿着破破烂烂的衣服，想要用榴弹碎片和铜弹带雕刻的小玩意儿再交换些东西。即使他们费尽心思，这些东西也不会带来太多收益，在换了几片面包后就只能离开。我们的农民在讨价还价时既强硬又聪明。他们把面包或香肠放在俄国人的鼻子前面，直到这个人因为太渴望食物而面色苍白，眼发花，这个时候价钱就无所谓了。他们会尽可能复杂地把战利品包起来，然后拿出便携刀具，慢条斯理地从自己储存的面包上切下一大块，每吃一口都配上上好的硬香肠，然后大快朵颐，犒劳自己。看到他们这样吃东西是很气人的，你甚至会想上去敲他们的后脑勺。他们很少分给别人东西，毕竟彼此之间并不熟悉。

我经常到俄国人那里站岗，黑暗中能看到他们的身影在移动，像生病的鹳，像巨大的鸟。他们靠近铁栅栏，把脸贴在上面，手指抓着网眼。他们经常这样并排站在一起，呼吸着从荒野和森林吹来的风。

他们很少说话，要说也只说几句。我觉得，他们更有人情味，比我们这里的人更懂兄弟情谊。但这也许只是因为他们比我们更不快乐。对于他们来说，战争已经结束了。但如果时刻提心吊胆地担心自己会得痢疾，那么活着也没什么意思了。

看守他们的后备兵说，他们刚来的时候更活跃一些。跟其他地方的人一样，以前他们还会拉帮结伙，经常会抢拳头、动刀子。现在，他们已经变得麻木和无所谓了；大多数人因为太虚弱甚至不再手淫了，虽然有时候整个军营都在同时做那个事儿。

他们站在栅栏前；有时一个人摇摇晃晃地离开，然后另一个人很快就占了他的位置。他们中的大部分人都很安静；只有少数几个在乞讨别人抽完的烟屁股。

我看着他们模糊的身影，看着风吹着他们长长的胡须。我对他们一无所知，只知道他们是囚犯，而这正是撕扯我心弦的地方。他们生活在没有名字、没有罪责的世界里——如果我对他们有更多的了解，知道他们的名字，他们的生活方式，他们期待什么，他们为什么压抑，那么我就会对某件事感到震惊，震惊会再变成怜悯。但是现在，我只能感受到他们作为生物所受到的苦楚、生命里可怕的悲伤和人的无情。

一个命令可以让这些安静沉默的人变成我们的敌人；一个命令也同样可以让他们变成我们的朋友。在某一张桌子上，一些我们根本不认识的人签署了一份文件；这就是我们几年来所追寻的最高目标，对世界的蔑视和最高的惩罚都基于此。当这些长着天真的脸、蓄着使徒胡子的沉默的人站在我们面前时，谁又能分出敌友呢？新兵对军士的敌意，学生对教师的敌意，都比我们对他们的敌意要厉害得多。但是如果有一天他们重获自由，我们还是会朝他们开枪。

我很害怕，不能再继续往下想了。这是条通向深渊的路。现在还不是去想这件事的时候；但是我不想失去此刻的这个想法，我要把它封存起来直到战争结束。我的心剧烈地跳动着：这就是我在战壕里想到的目标吗，那个伟大的、唯一的目标吗？这就是我过去一直在寻找的、灾难之后人类存在的可能性吗？这是战后生活的任务吗？它配得上这些年我们经历的恐惧吗？

我拿出香烟，把它们掰成两半分给了俄国人。他们弯着腰，点燃了烟。一些人的脸上闪着红色的光。这些红光安慰着我；因为它们看起来像黑暗村舍中的小窗，后面就是能给人庇护的家。

日子一天天过去。在一个雾气腾腾的早晨，又有一个俄国人下葬了。当他被埋葬时，我正在站岗。囚犯们一起唱起了赞美诗，但听起来却不像是人发出的声音，而像是一架矗立在遥远荒地上的管风琴。

葬礼很快结束了。

傍晚时分，他们又站在栅栏旁，风从白桦林吹来，星星发出清冷的光。

我认识了几个德语说得很好的囚犯，其中一个是音乐家。他告诉我，他曾是柏林的一名小提琴手。当他听说我会弹钢琴时，立刻拿出自己的小提琴拉了起来，其他人坐了下来，背靠着铁丝网。他站着演奏；当他闭上眼睛时，脸上时常会出现小提琴家迷醉于音乐中的表情，然后他又会有节奏地拉起来，对着我微笑。

他演奏的可能是民歌，因为其他人都在跟着哼唱，一个个看起来就像从地底深处发出嗡嗡声响的黑色山丘。小提琴的声音像站在上面的纤弱女孩儿，明亮而孤单。哼唱停下来了，小提琴的声音还在继续——夜晚的琴声听起来有些单薄，透着寒意；大家紧挨着站着，在屋里的话可能会更好——而在这里，当它孤单地四处游荡时，只让人悲伤不已。

因为我刚放了一个大假，所以周日就没有假期了。在我启程前的最后一个周日，爸爸和姐姐来看望我。我们一整天都坐在士兵之家里。除此之外还能去哪儿呢？我们不想去军营。于是，中午的时候，我们就到荒野上散了会儿步。

跟他们待在一起的时间很折磨人；我们不知道应该说点什么，所以只能谈谈妈妈的病。她已经确诊了癌症，现在住院了，马上就得手术。医生希望她能痊愈，但我们从来没听过癌症可以治好。

"她现在在哪儿？"我问。

"路易森医院。"爸爸说。

"哪个等级的病房？"

"三等。我们得看看手术费是多少。她执意要去三等病房，还说在那儿可以跟其他病人聊天解闷。住在那儿也确实更便宜。"

"那她得和很多人一起躺在一个病房里，只有晚上才能睡着觉。"

爸爸点了点头。他的脸很憔悴，满是皱纹。妈妈经常生病；虽然只有在逼不得已的时候才会去医院，但对我们来说还是花了不少钱，爸爸的生活也都耗在这上面了。

"要是能知道手术的费用就好了。"他说。

"你们没问问吗？"

"不能直接问——因为你妈妈要做手术，如果医生不耐烦了，就不好了。"

是啊，我苦涩地想，这就是我们，这就是穷苦的人啊。他们不敢问费用，担心得不得了；而另外一些人，他们不需要问，也觉得事先制定价格理所当然，医生也不会对他们态度恶劣。

"手术后使用的绷带也很贵。"爸爸说。

"保险公司不报销吗？"我问。

"你妈妈已经病了太长时间了。"

"你们还有钱吗？"

他摇了摇头，"没了。但是我现在还能加班干点活儿。"

我知道：他会站在工作台前工作到晚上十二点，削刮、涂胶、切割。晚上八点，他会离开一会儿，把要放在电路板上的材料放到一边，去吃一口饭。之后，他会吃点缓解头疼的粉末，然后继续工作。

为了让他高兴，我给他讲了几个刚想起来的士兵笑话和将军、军士长被捉弄的蠢事。

我把他们送去车站。他们递给我一瓶果酱和一包土豆煎饼，这些是妈妈亲手为我做的。

他们离开后我就回去了。

晚上，我把果酱抹在煎饼上吃，味道并不好。我走出去，想把煎饼分给俄国人。但我想到妈妈可能是忍着疼痛站在热锅前为我做的，就又把它们放回了背包，只拿了两块分给俄国人。

IX

　　我们坐了几天的车，终于看到飞机出现在天上。路过运输列车时，我看见上面都是枪炮。运输车接收了我们。我坐在车上寻找我们的军团。没有人知道它现在在哪里。我在某个地方过了夜，第二天在某个地方收到口粮，接收到一些意思含混的指示。紧接着，我带着背包和武器又上路了。

　　但我到达目的地的时候，那里已经完全被炸毁了，一个人影也没有。我听说，我们团已经被编入空军师，哪里有危险就会被安排到哪里去。这让我的心情很低落。有人跟我说，我们团遭受到前所未有的损失。我到处找卡特和阿尔伯特，但是没人知道他们的消息。

我四处游荡，继续寻找他们，这是一种奇怪的感觉。我像个印第安人一样在外面扎营过了两夜。然后才收到消息，下午可以去办公室报到。

一位中士把我留在这里，因为连队两天后就会返回，现在把我派出去没有任何意义。"假期过得怎么样？"他问，"是不是还不错？"

"有好有坏吧。"我说。

"如果不用离开的话那就完美了，"他叹了口气，"坏的一半会把好的一半也毁掉。"

我一直在周围闲逛，直到收到消息说战友们明天会回来，他们一定灰头土脸、浑身脏兮兮的，一副闷闷不乐、无精打采的样子。我跳起来，挤在人群中间，眼睛四处搜寻，特雅登在那儿，穆勒在擤鼻涕，卡特和克罗普也在那里。我们把自己的草垫并排放在一起。当我看到他们时，莫名其妙地产生了愧疚感。睡觉前，我拿出剩下的土豆煎饼和果酱分给他们吃。

外面的两块土豆煎饼有些发霉，但还能吃。我把这两块留给自己，把新鲜一些的给卡特和克罗普。

卡特一边吃，一边说："是你妈妈做的吗？"我点点头。

"味道不错。"他说，"能吃出妈妈的味道来。"

我快哭出来了，现在我已经不了解我自己了。一切都会变好的，在这里有卡特、阿尔伯特和其他人。我属于这里。

"你很幸运。"我快要睡着时，克罗普轻声对我说，"我们要去俄国了。"

去俄国。那里已经没有战争了。

远处，前线的炮火还在轰鸣。营房的墙壁发出咯吱的响声。

连队里进行了大扫除。一个命令紧接着另一个命令。各方面都要被检查。坏了的东西会被换成新的。我得到了一件无可挑剔的新上衣。卡特甚至拿到了一套完整的制服。有传言说，和平来了，但另一种观点的可能性更高：我们要被运送到俄国去。但是为什么去俄国就要换上更好的衣服呢？答案终于揭晓了：原来是皇帝①要来视察。这就是有这么多检查的原因。

八天里，你会觉得自己正在新兵营里，按照他们的方式进行工作和训练。一切都让人闷闷不乐，气氛紧张兮兮的，因为过度的大扫除不适合我们，阅兵游行更不适合我们。这样的事情甚至比在战壕中更让士兵们生气。

终于迎来了这一刻。我们立正站好，皇帝出现了。我

---

① 指威廉二世，德意志帝国末代皇帝兼普鲁士国王。

们都想看看他长什么样子。他迈着庄严缓慢的步子走在前面，我有些失望：我想象中的他应该更高大，更有力量，声音应该特别洪亮。

他授予士兵们铁十字勋章，然后分别与他们说话。

之后，我们就开始聊天了。特雅登吃惊地说："这是所有人当中职位最高的人了。在他面前所有人都得立正站好，每个人都得这样！"他又想了想，"兴登堡①在他面前也得立正，是不是？"

"当然了。"卡特确认说。

特雅登的问题还没完，他想了一会儿又问道："国王在皇帝面前也得立正站好吗？"

没有人知道，但我们觉得不用。这两个人都高高在上，肯定不需要立正站着。

"你脑子里想什么呢？"卡特说，"不管怎么样，你是肯定得立正站好的。"

但特雅登好像着魔了。他贫乏的想象力正在拼命地工作着。"看，"他宣称，"我只是不能理解，为什么皇帝也要像我一样上厕所。"

"你可以用你的生命做赌注。"克罗普笑着说。

"你真是疯了，"卡特补充说，"你脑袋里有虱子，特

---

① 德国陆军元帅，政治家，军事家，魏玛共和国的第二任总统。

雅登，赶快去厕所吧，这样你就能理清头绪，不再会像个孩子似的说话了。"

特雅登走了。

"我想知道一件事。"阿尔伯特说，"如果皇帝不同意打仗，那么是不是就不会有战争？"

"我觉得是这样，"我插话道，"他一开始肯定不想这样。"

"那么，如果只有他一个人不想打仗，那么战争还是有可能会爆发，但要是世界上像他一样有权有势的二十或者三十个人也不同意打仗呢？"

"那也有可能。"我承认，"但这些人很想打仗。"

"你仔细想这件事就会觉得很可笑。"克罗普继续说，"我们在这里是为了保卫我们的祖国。但是法国人也是在保卫他们的祖国。那哪一方是正义的呢？"

"可能两方都是。"我脱口而出这一句。

"是这样，只不过，"阿尔伯特说，我看得出他想把我逼到墙角，"我们的教授、牧师和报纸都会说我们是正义的一方，我也希望事实如此——但是法国的教授、牧师和报纸也会说他们是正义的一方，那到底哪边是正确的呢？"

"我也不知道。"我说，"无论如何，战争已经打响了，而且每月都有更多的国家加入。"

特雅登又回来了。他还是很激动，立刻加入了我们的对话，对战争是怎么产生的问题刨根问底。

"大多数情况下是一个国家严重冒犯了另一个国家"。阿尔伯特带着优越感给出了答案。

但特雅登一脸冷漠，"一个国家？我没法理解。德国的山不会得罪法国的山。一条河、一片森林或者一片麦田也一样不会。"

"你是真傻还是在装傻？"克罗普发着牢骚，"我根本不是这个意思。是一个国家的人侮辱了另一个国家的人。"

"反正我在这儿是没找到这样的人。"特雅登回答，"我不觉得受到了侮辱。"

"是应该让人好好给你解释一下。"阿尔伯特生气地说，"这跟你这个农民无关。"

"那么我现在就可以回家了呗。"特雅登坚持说。大家都笑了起来。

"啊，天哪，人民是一个整体，我说的是一个国家——"穆勒喊道。

"国家，国家！"特雅登狡猾地打了个响指，"战地宪兵、警察、税收，这就是你们的国家。如果你跟这些有关，那我谢谢你。"

"你说得对。"卡特说，"你第一次说对话，特雅登，国家和家乡之间还是有区别的。"

"但它们是联系在一起的。"克罗普想了想说，"没有国家就没有家乡。"

"对。但你想想，我们都是普通老百姓啊。大多数法国人也都是工人、手工业者或者小职员。为什么法国的锁匠或者鞋匠会想要攻击我们呢？不，不是他们要攻击我们，而是政府。我来这儿之前从没见过法国人，大多数法国人也跟我们一样。他们跟我们一样不被其他国家的人所欢迎。"

"到底为什么会有战争呢？"特雅登问。

卡特耸了耸肩，"肯定会有一些人在战争中获益。"

"好吧，我肯定不是他们中的一员。"特雅登露出讥讽的笑容。

"你不是，这里的任何人也都不是。"

"那么谁是呢？"特雅登坚持问道，"皇帝肯定不会从中获益。他已经拥有想要的一切了。"

"这不好说。"卡特回答，"他还没有打过仗。而每个伟大的皇帝至少都需要一场战争，否则他就不会青史留名。看看你的课本就知道了。"

"将军也会通过战争而出名。"德特林说。

"甚至会比皇帝更出名。"卡特说。

"肯定还有其他人在暗地里发战争财。"德特林低声说。

"我觉得这更像头脑发热时的不理性行为。"阿尔伯特说，"其实，没有人想要发起战争，但是战争突然间就开始了。我们不希望开战，其他人也有一样的想法——但世界上还是有一半的国家坚定地加入了战争。"

"跟我们相比，他们那边听到了更多的谎言。"我回答说，"你们想想从战俘那里得到的大字报，上面说我们会吃比利时小孩儿。真应该吊死写这些东西的人。他们才是罪魁祸首。"

穆勒站起来，"当然，战争发生在这里总比发生在德国境内要好得多。你们看看那些弹坑就知道了！"

"那倒是真的。"连特雅登也同意，"但最好是没有战争。"

他骄傲地走开了，因为他已经把答案告诉给我们这些受过教育的人了。在这里，他的想法是很典型的一种，人们经常会听到这种观点，但又无法恰当地反驳，因为对战争不同的理解会终止于这样的对话。士兵的民族意识在于，此刻他们就在这里。但也就这些了，他会非常实际地从自己的角度来评价其他所有事情。

阿尔伯特生气地躺在草地上，"最好别再谈论这些乱七八糟的东西了。"

"这什么也改变不了。"卡特附和说。

我们必须归还几乎所有新收到的东西，拿回旧的破烂儿。好东西只能在检阅时使用。

我们没去俄国，而是又回到了前线。路上，我们经过了一片看起来很悲惨的森林，树都被炸毁了，地面坑坑洼洼的，有些地方还有可怕的弹坑。"哎呀，那个地方被击中了。"我对卡特说。

"是迫击炮。"他回答说，用手朝上指了指。

死尸悬挂在树枝上。一个赤身裸体的士兵蹲在树杈里，头上还戴着头盔，身上却一丝不挂。在他的上面还挂着半个尸体，只有上半身，没有腿。

"那里发生了什么？"我问。

"他们的身体从衣服里飞出去了。"特雅登嘀咕着。

"挺有意思，这样的事我们也见过几次。被迫击炮追击的时候，人的身体会从衣服里飞出去。这是气压的作用。"卡特说。

我继续在周围寻找着。真的是这样。制服碎片挂在一个地方，士兵肢体的碎肉却粘在另一个地方。一具尸体躺在那里，只剩下一条腿、一块残缺的内裤和一个军服领子。除此之外什么也不剩了，衣服都四散着挂在树梢。他的胳膊也没了，好像是被扭断了。在二十步以外的灌木丛里，我发现了其中一条断了的胳膊。

死者脸朝下地躺在地上。在胳膊的伤口处，土地被血染成了黑色。脚下的树叶都烂了，仿佛这个人的脚还能乱蹬。

"别开玩笑，卡特。"我说。

"腹部有弹片也不是开玩笑的。"他耸着肩回答。

"心肠别太软了。"特雅登说。

这一切都是在不久之前发生的，血液闻起来还很新鲜。目前看到的所有人都已经死了，所以我们也没耽误时间，直接向最近的医疗站报告。毕竟，抬担架并不是我们的事。

为了确定敌军占领的阵地位置，我们要派出一支侦察队。因为假期的缘故，我在面对其他人的时候总有一种奇怪的感觉，所以我主动报名了。我们制订了计划——先偷偷穿过铁丝网，然后分开，一个一个地向前爬。过了一会儿，我找到了一个较浅的弹坑，顺势滑了下去。从这里，我可以进行侦察。

这个区域的机枪射击火力中等。它从四面八方扫射而来，火力不强，但也足够让人抬不起头。

一颗照明弹凌空炸裂开来了。整片区域笼罩在白光之下，一切都清晰可见，随后，又陷入一片漆黑。之前在战壕里的时候，他们说我们前面有黑人。这样就麻烦了，你根本看不见他们，另外，因为他们很机警，所以非常适合侦察工作。但让人感到奇怪的是，他们经常会做些没脑子的事；——卡特和克罗普在侦察队的时候都打死过敌方的黑人侦察兵，因为他们的烟瘾上来了，在路上就抽起了烟。

卡特和阿尔伯特只需要瞄准冒烟的烟头就行了。

　　一颗小手榴弹从我旁边飞过，发出嘶嘶的声音。我没听到它过来，被吓了一跳。这一刻，我被极度的恐惧攫获。我孤身一人，在黑暗中几乎是无助的——很可能在另一个弹坑中，有一双眼睛已经暗中观察了我很久，随时准备扔出一颗手榴弹把我炸得尸骨无存。我试着让自己振作起来。这不是我第一次巡逻，也不是最危险的一次，但却是我从假期回来后的第一次，另外，我也不熟悉这里的地形。

　　我告诉自己，情绪激动毫无意义，可能根本没有人潜伏在黑暗中，否则他们也不会一直进行横向扫射。

　　但这是徒劳的。思绪在我的头脑中混乱地嗡嗡作响——我听到妈妈告诫我小心的声音，我看到那些被风吹起胡须的俄国人倚靠在铁丝网上，我的脑海中浮现出明亮又美好的想象，那里有带沙发的食堂，有瓦朗谢讷①的电影院；也浮现出痛苦又折磨人的场景——无论我如何努力转头都会看到一个灰色的、无情的枪口，无声地潜伏着；汗水从我的每个毛孔中渗出。我还趴在弹坑中。我的额头汗津津的，眼窝也湿润了，双手在颤抖，轻轻地喘息着。这种噬人的恐惧感没什么特别，就像狗在害怕的时候也会缩着头，不再继续向前。

---

①法国城市。

紧张的情绪让我像糨糊一样想要瘫倒在地，我的四肢好像粘在了地面上。我徒劳地尝试了一次，仍然无法松开。我让自己紧贴着地面，显然已经无法向前行进，并下定决心打算一直趴在地上。

但马上又有一股情绪涌上心头，是羞耻、悔恨，却又夹杂着温暖和安全。我稍稍直起身来侦察前方的情况。我的眼睛刺痛不已，就这样一直盯着黑暗处。一发信号弹突然升空，我又弯下了身体。

我的内心进行着一场毫无意义又混乱的斗争，我想要从弹坑中出去，但又缩了回来，我对自己说："你必须出去，他们是你的战友，这并不是那些愚蠢的命令。"——接着又会出现另一个声音："这跟我有什么关系，我的命只有一条——"

这就是假期的影响，我苦涩地自责着。但是我不相信我会变成一个特别软弱的人，我慢慢地直起上身，用胳膊撑住身体，拖动后背，半个身子已经越过了弹坑的边缘。

这时，我听到了一阵嘈杂，又缩回了身子。虽然有大炮的声音，但还是能清楚地听到可疑的响动。我仔细地听着——声音是从后面传来的。是我们的人，他们正越过壕沟向前行进。我也能听到微弱的说话声，很有可能就是卡特。

我的身体中突然涌入一股巨大的暖流。这些声音，远处的几句低声细语，身后战壕里的脚步声，助我战胜了对死亡的恐惧，一下子惊醒了快要沉溺于其中的我。它们比我的生命更重要，这些声音，它们超越了母性和恐惧，它们是世间最强大、最让人有安全感的东西：这就是战友们的声音。

我不再孤身一人在黑暗中颤抖——我属于他们，他们也属于我，我们所有人都背负着同样的恐惧和命运，我们以一种既简单又复杂的方式联系在一起。我想把脸埋入这些声音和话语中，它们拯救了我，救赎了我。

我小心翼翼地溜出弹坑边缘，向前爬去。我手脚并用地继续向前；一切都很顺利，为了找到回去的路，我努力确定方向，环顾四周，记住了炮火射击的位置。接着，我开始思考跟其他人接头的方法。

我还是很害怕，但现在的害怕更加理性，变成了高度的警觉。夜里有风，影子随着炮口火焰的闪烁来回摇晃。在这样的闪光下，人能看到的东西太少，又太多。我经常会一动不动地向前看，但总是什么也看不到。就这样，我向前走了很远，绕了一圈又折了回来。我还是没找到跟战友接头的方法。离我们的战壕每近一米，我的内心就多一份信心——但也更加急迫。再错过一次就不好了。

这时，新的惊恐向我袭来。我无法精准地辨认方位了。

我静静地蜷缩在弹坑中确认方位。已经不止一次发生过这样的情况——有人高兴地跳进战壕中，后来才发现跳错了。

过了一会儿，我又听了一遍。还是不对。到处都是弹坑，这让我感到很混乱，都不知道该往哪边走了。也许我现在爬行的方向正好跟战壕平行，这样的话就永远也回不去了。所以我又换了个方向。

这该死的照明弹！好像已经亮了一个小时了，在这种情况下，你只要一动就会听到子弹从你身边"嗖嗖"飞过的声音。

但这一切没有用，我必须出去。我跌跌撞撞地继续挣扎向前，贴在地面上缓慢爬行，手被锯齿状的弹片扎得生疼，它们像刮胡刀一样锋利。有时，我会感觉到地平线的地方亮了一些，但也可能是幻觉。我渐渐地意识到，我在为我的生命而向前爬行。

一颗榴弹呼啸而来，紧接着又有两颗。开始了，火力袭击开始了。机枪在突突直响。除了卧倒，我暂时什么也做不了。这好像是一次进攻，到处都有照明弹不停地飞向天空。

我蜷缩着躺在一个大弹坑中，双腿一直到肚子都泡在水里。当进攻开始时，我会尽可能深地沉入水里，但那深度又不至于淹死人，然后把脸埋在污泥里。我必须假装成死人。

突然，火力听起来又变强了。我立刻滑进水里，头盔垂在脖子后面，尽量把嘴抬高到能呼吸到一点空气的地方。

接着，我就不动了；——因为我听到某个地方有响声，有人踏着沉重的脚步摸索着朝我这边走来。——我身体中的所有神经都紧绷着。响声绕过我，第一支部队从我旁边过去了。我脑子里突然冒出了这样的想法：如果有人跳进弹坑里，我会怎么做呢？——我迅速地拿出短刀，紧紧地握住，把它藏到污泥中。如果有人跳进来，我会立刻朝他刺去；如果他用手捶我的额头，我就刺穿他的喉咙让他叫不出声，别无选择。他会像我一样害怕，我们也会因为害怕而扭打在一起，我得先下手为强。

现在轮到我们的炮兵中队开火了。火力就在附近。这真让人发疯，差点被自己人的炮弹砸中；我咒骂着，在污泥中恨得咬牙切齿；我气得发狂，但最后却只能悲叹哀求着，希望这次进攻早点结束。

炮弹的撞击声传入我的耳朵。当我们的人进行反攻时，我就能获得自由了。我把头压在地上，听着沉闷的轰鸣声，就像远处传来的矿井爆炸声。——我又抬起头，听着上面传来的声音。

机关枪突突直响。我知道，我们的铁丝网很结实，几乎没有破损；——有一部分还通了强电流。步枪的火力增强了。他们没法通过，只能返回。

我又瘫倒在地，紧张到了极点。嗒嗒声、爬行声和咯吱声不绝于耳，中间偶尔还夹杂着尖叫声。他们遇到枪击，进攻被击退了。

天又亮了一些。脚步声匆匆地从我头顶经过。第一批过去了，又来了一批。机关枪的突突声像一条不间断的铁链。我正准备转身，就听到砰的一声，一个沉重的身体掉进了弹坑，向我这边滑了过来，刚好压在我的身上——

我的脑子一片空白，没法做决定——我猛地把刀朝他刺过去，只感觉到他的身体抽动了一下，然后变软，无力地瘫倒下去。当我回过神来的时候，我的手已经又黏又湿了。

那个人的喉咙里发出了呼噜呼噜的声音。在我看来，他的每一次呼吸都像尖叫，像雷鸣——但这只是我的脉搏在跳动。我想要捂住他的嘴，往里面塞满淤泥，再捅他一刀，他必须安静下来，不然就会泄露我的位置；我已经不是我了，突然间，我变得虚弱，无法再对他动手。

我爬到最远的角落，待在那里一动不动，眼睛盯着他，手里紧紧握着刀，已经准备好在他醒过来的时候对他进行攻击。但是他应该什么也做不了了，我能从他喉咙里发出的呼噜声中听出来。

我看不清他了。我的心中只有一个愿望，那就是赶快离开，因为再过一会儿，天就亮了；其实现在已经很难脱身了。但当我试图抬起头的时候，就已经知道离开是不可能的了。机关枪的火力覆盖面很广，还没等我跳起来可能就已经满身窟窿了。

为了确定射击的高度，我又举起头盔试了一次。没过多一会儿，一颗子弹就把钢盔从我手中击落了。这片区域在进行低空扫射。我离敌军的阵地还不够远，逃跑的时候难免会遭遇狙击手。

天色更亮了。我焦急地等待着我方的进攻。我的指节发白，因为我一直紧紧握着双手，祈祷着火力能停止，祈祷着战友们的到来。

时间一分一秒地过去了。我不敢看弹坑中黑暗的身影。我紧张地往别处看，等待着，等待着。子弹嘶嘶作响，就像一张钢铁织就的大网，它不会停止，不会停止。

我看了看鲜血淋漓的手，突然感到很恶心，于是拿起泥土擦了擦，这样的话只是看起来有些脏，而看不见血迹。

两方火力相当，依然没有减弱的趋势。我们的人可能早就已经对我不抱希望了。

天亮了，灰蒙蒙的，已是早晨了。呻吟声还在继续。我捂住了耳朵，但又不得不把手指拿开，因为这样也会把其他声音阻隔开。

对面的人动了动。我吓了一跳，不自觉地朝那边看去。我的眼睛停留在他的身上无法移开。一个留着小胡子的男人躺在那里，头垂向一边，胳膊半弯着，头无力地耷拉着，另一只手捂着胸口，他正在流血。

他已经死了，我对自己说，他一定已经死了，他什么也感觉不到；——只是身体还在喘息着。他还在尝试把头抬起来，呻吟声会时不时地变大，随后他的额头又沉到手臂上。这个人没有死，他正在死去，但还没有死。我朝他靠近，用手支撑着自己，又停了下来，然后又挪得离他更远了些，我在等待着——就这样反反复复，三米是一段可怕的距离，既长又可怕。终于，我来到了他的身边。

这时，他睁开了眼睛。他肯定是听到了我靠近的声音，于是用惊恐的表情看着我。他一动不动地躺着，眼神中却闪烁着想要马上逃离的渴望，有一瞬间我甚至相信，他的眼神有足够的力量把自己的身体一下子带到几百公里以外的地方。他的身体是静止的，完全静止的，没有任何声音，喘息声也停止了，但眼睛却在尖叫，在咆哮，要把所有的生命力变成逃跑的力量，变成对死亡和对我的极度恐惧。

我的关节支撑不住了，倒下的时候撞到了手肘。"不，不。"我轻声地说。

他的眼睛盯着我。只要他还在看着我，我就无法做出任何动作。

只见他的手慢慢地从胸口滑下，移动了一点点，只有几厘米，但这个动作减轻了他眼睛中的敌意。我身体前倾，摇了摇头，低声说："不，不，不是你想的那样。"我举起手，摸了摸他的额头，向他表明我想要帮他。当我的手伸到他眼前的时候，他的眼神下意识地退缩着。现在，他的眼神不再那么执着了，睫毛更加低沉，紧张的情绪也得到了缓解。我打开他的衣领，把他的头放在更舒服的位置上。

他的嘴巴半张着，努力想要说几句话。他的嘴唇很干。我没带军用水壶，但弹坑底下的泥浆中有水。我爬下去，掏出手帕，把它展开按进泥浆里，用两只手捧着渗出的黄水。

他大口喝着水。我又去取了更多。接着，我解开他的上衣，如果可以的话，我要给他包扎。我无论如何都要这样做，如果我被敌军抓到，他们会看到我想帮助他，而不会对我开枪。他想要保护自己，手却没有力气。衬衫被血渍粘在一起，没法脱下来，纽扣在后面。除了把衣服剪开之外没有其他办法。

我又找到了那把刀。当我开始剪衬衫的时候，他又睁开了眼睛，眼睛里有闪现出哀号和疯狂的表情，我不得不紧紧捂住他的眼睛，低声说："我想帮助你，同志，

camarade，camarade，camarade[①]——”为了让他明白，我的语气十分恳切。

他中了三刀。我用绷带缠住了他的身体，血流了下来，我用力按着他的伤口，他呻吟着。

这就是我能做的一切。现在我们必须等待，等待。

这漫长的几个小时啊。——喘息声又开始了——一个人的死亡过程是那么慢！因为我知道：他已经救不活了。虽然我试着说服自己他还能活着，但到了中午，他的呻吟声已经彻底击碎了我为自己找的借口。如果在爬行的时候没有丢失左轮手枪，我就会给他一枪，让他解脱。朝他再捅一刀，我却做不到。

中午的时候，我在半睡半醒间，意识有些模糊了。饥饿折磨着我，我想吃东西想到快哭了，完全无法抵抗。有几次在给他取水的时候，我自己也喝了几口。

这是我亲手杀死的第一个人，我清楚地看到了他的死亡过程，他的死是我的杰作。卡特、克罗普和穆勒在遇到敌军的时候也看见过，很多人都看见过，在近战中这是常有的事——

但是每一次呼吸都让我的心暴露在痛苦之中。在这个

_____

① 法语，意为“同志”。

垂死之人还活着的几个小时里，他的手中握着一把看不见的刀，用折磨人的时间和我脑海中的自责狠狠地刺向我。

如果他能活着，我愿意为他付出努力。但躺在那里看着他，听着他的呻吟声却太痛苦了。

下午三点，他死去了。

我松了口气。但这只持续了很短的时间。没过多久，沉默就比呻吟声更让人难以忍受。我想再听到他那断断续续的、嘶哑的呻吟声，偶尔夹带着从喉咙里发出的轻微的口哨声，接着又是嘶哑而响亮的呻吟声。

我做的事情毫无意义。但是我得给自己找点事做。我又一次挪动尸体，把他放到合适的位置，让他感觉舒服些，虽然他已经什么也感觉不到了。我合上了他的双眼。他的眼睛是棕色的，头发是黑色的，两侧有些鬈发。

胡子下的嘴巴饱满而柔软；鼻梁有些弯，皮肤是小麦色的，看起来不像他临死前那样苍白。他的脸在某一瞬间看起来甚至很健康；——但突然间又变成我曾经见到的那些陌生的死人的脸，那些脸都很相似。

他的妻子现在肯定在想他；她还不知道发生了什么。他看起来好像经常给她写信；——她也会收到他的信——可能是明天，也可能是一星期后，——或许因为送错了地方，一个月后才收到。她会读信，他在信里有很多话想对她说。

我的情况越来越糟，思维有些混乱。他的妻子长什么样？运河对面昏暗狭长的地方里有什么？她不是我的吗？也许，她现在属于我了。如果坎托雷克坐在我的旁边就好了！如果妈妈看到我现在的样子——如果我能更清楚地记住回去的路，那么这个已经死去的人肯定还能多活三十年。如果他能再往左走两米的话，现在就能在战壕里给他的妻子写信了。

但我不能再往下想了，因为这是我们所有人的命运；如果凯梅里奇能把他的腿再往右移动十厘米，如果海伊俯身的时候能再低五厘米——

沉默蔓延开来。我要说话，也必须说话。所以我跟他讲话，对他说："同志，我不想杀你的。如果你再跳进来一次，我不会这么做，即使你当时是清醒的。之前的你对我来说只是一个念头，一个住在我脑海里并促使我做决定的臆想；——我只是对我想象中的人刺了几刀。现在我才看到，你是和我一样的人。我之前想到的是你手里的手榴弹、刺刀和武器；——现在却能感觉到你有妻子，能看到你的脸以及我们的共同之处。原谅我吧，同志！我们知道得太晚了。别人为什么不告诉我们，你们跟我们一样都是可怜的狗呢，你们的妈妈跟我们的妈妈一样在家里担惊受怕，我们对死亡和疼痛有着同样的恐惧。——原谅我吧，同志，你怎么会成为我的敌人呢！如果我们丢掉武器，脱去制服，你也会像卡特和阿尔伯特一样成为我的兄弟。拿走我二十年的生命吧，同志，活过来吧——你也可以拿走更多，因为我已经不知道该如何开始以后的生活了。"

周围很安静，除了枪声，前线也很安静。炮弹在周围爆炸，这次射击并不是毫无计划的，而是朝着各处，精确计算了方位。我还是出不去。

"我想要给你的妻子写信。"我急忙对他说道，"我要给她写信，她可以通过我知道一切，我要把跟你说的话都告诉她，她不该受苦，我会帮助她，会帮助你的父母，还有你的孩子——"

他的制服半敞着，皮夹很容易就找到了。但我犹豫着要不要打开它。皮夹里有一本写着他名字的书。只要不知道他的名字，以后就可能忘记他，时间会抹去一切。但他的名字会像钉子一样钉在我的心上，再也拔不出来；它会一次又一次地召唤出眼前的一切，让它一直在我眼前出现。

我的手里拿着皮夹，犹豫不决。它从我手中掉落，自己打开了；几张照片和信件掉了出来。我把它们捡了起来，想要重新把它们放回去，但是现在我所承受的压力、目前不确定的情况、饥饿、危险以及跟死人共同度过的几个小时让我感到绝望，我想要让自己更快地解脱出来，让痛苦达到顶点后马上结束，就像一个人将疼痛难忍的手砸向一棵树，对他来说，会发生什么已经无所谓了。

照片里有一个女人和一个小女孩儿，背景是常春藤墙，这些细长的照片一看就拍得不太专业。照片旁夹了几封信。我拿出信，试着阅读。我不太会法语，所以大部分的内容我都看不明白。但是我能翻译出来的每一个词都像子弹一样射向我的胸膛，像刀一样插进我的胸口。

我的大脑受到了强烈的刺激。但我明白，我绝不能像之前想的那样给他们写信。绝对不能。我又看了看这些照片；他们都不是有钱人。如果我以后赚了钱，我可以匿名给他们寄钱。这就是我的精神支柱，至少能让我有些依靠。这个死人已经与我的生活联系在一起，所以为了赎罪，我可以许诺去做任何事情；我不假思索地发誓，以后只为他和他的家人而活——我跟他说着话，嘴唇潮湿，内心深处希望可以以此赎罪，心里还抱着侥幸想法——我或许可以从这儿出去，以后别人还可以看看我是不是说到做到。于是，我打开了书，慢慢地读着：热拉尔·杜瓦尔，排版师。

我用铅笔在信封上写下死者的地址，然后又迅速地把所有的东西塞回他的上衣。

我杀死了印刷工人热拉尔·杜瓦尔。我必须成为一名印刷工人，我疯狂地想着，成为一名印刷工人，一名印刷工人——

下午的时候，我平静了一些。我的害怕毫无理由。那个名字已经不会再让我感到不知所措，这件事对我的冲击已经过去了。"同志，"我对死者说，但是心态已经平静了，"今天是你，明天就是我。但如果我能逃脱，同志，我会与这个毁掉我们的东西抗争到底：你献出了你的生命——我呢——我也会献出我的生命。我跟你保证，同志。这样的事再也不会发生。"

太阳斜照在大地上。我因为疲惫和饥饿而头昏脑涨。昨天就像雾气一样，我不希望它再出现。我打着瞌睡，甚至没有意识到傍晚将至，黄昏来临了。时间似乎过得很快。又过了一小时；如果是夏天的话，还有三小时。又过去了一小时。

突然，我开始颤抖，好像有什么事情要发生了。我再也不去想那个死去的人，我现在已经完全不关心他了。活下去的渴望一下子涌了出来，我打算做的一切事情都在它面前沉没了。我机械地嘟囔着，只为了现在不会发生什么不幸："我会遵守，我会遵守向你承诺的一切——"但我现在已经知道，我不会为他做什么了。

我突然想到，如果就这样往前爬，战友很可能会朝我开枪；他们根本不知道是我。我要尽早朝他们喊，让他们知道是我。在他们认出我之前，我会一直在战壕的前面趴好。

天上出现了第一颗星星。前线依然安静。我深吸一口气，激动地对自己说："现在可不能犯糊涂，保尔——冷静，冷静，保尔——，你会得救的，保尔。"这样做还是有效的，当我喊出自己的名字时，就像别人站在旁边对我说话一样，让我更有力量。

天越来越黑了。这时的我已经不那么激动了，我谨慎地等待着，直到第一批炮弹射向天空。随后，我就从弹坑里爬了出来。那个死去的人已经被我完全抛到脑后。天刚刚黑，在我面前的是发光的苍白田野。我看到前面有个弹坑；在光熄灭的一瞬间，我赶紧朝那边挪去，四处摸索着，跃入下一个弹坑，蜷缩起身体。

离我们的阵地更近了。借着炮弹的火光，我看到了铁丝网那儿有东西在动，在它停下之前，我一动不动地趴着。下一次炮弹亮起来的时候我又看到它了，那肯定是我战壕里的战友。但是在他们认出我的头盔之前，我还得多加小心。我朝他们喊。

他们立刻给了我回复，我听到了我的名字："保尔——保尔——"

我又朝他们喊了回去。是卡特和阿尔伯特，他们正拿着一块帐篷布出来找我。

"你受伤了吗？"

"没有，没有——"

我们滑到了战壕里。我问他们要了吃的，大口大口地吃了起来。穆勒递给我一支烟。我用几句话简单地说了发生的事。没什么新鲜的，这样的事经常发生。只是夜袭比较特殊。卡特以前在俄国境内的俄国阵地后方待了两天才顺利回来。

对于已经死去的印刷工人，我只字未提。

第二天早上，我实在忍不了了，不得不原原本本地将事情说给卡特和阿尔伯特听。他们两个都来安慰我——"你也无能为力啊。你能做什么呢？就是为了这个目的你才在这儿的！"

我仔细听着他们的话，心中充满了安全感，也为他们的亲近而感到安慰。我在弹坑里的时候说的都是些什么胡话啊！

"看那边。"卡特用手指着。

在胸墙那儿站着几个狙击手。他们拿着安装了瞄准镜的步枪，埋伏着，等待对面的敌军，时不时地会发出一声枪响。

他们突然大喊了起来。"命中了！""你看到他跳起来了吗？"奥尔里奇中士自豪地转过身，记下了他命中的位置。他以三次无懈可击的命中率稳居今天的射手榜榜首。

"对于这个，你怎么说？"卡特问。我点了点头。

"如果他继续保持这样的势头，今晚他的扣眼儿里就能多出一只彩色小鸟 ①。"克罗普说。

"或许，他很快就能成为副军士长。"卡特补充道。

我们互相看着对方。"我是不会这样做的。"我说。

"当然，"卡特说，"不过你现在看到了，这对你来说是件好事。"

奥尔里奇中士又返回到胸墙的位置，他的枪口在来回晃动。

"这样一来，你就不会再说你的那些事儿了。"阿尔伯特点了点头。

我不了解自己了。

"可能只是因为我跟他在弹坑中待的时间长吧。"我说。战争毕竟是战争。

奥尔里奇的枪声短促而单调。

---

① 指勋章。

X

我们得到了一个好差事，就是八个人去看守一个村子，因为炮火猛烈，村子里的所有居民都被疏散了。

我们的主要任务是盯着还有粮食储备的补给站，但自己的食物还得自己负责。对于这个活儿，我们再适合不过了——卡特、阿尔伯特、穆勒、特雅登、勒尔、德特林，我们整支小队都在这里。但是，海伊死了。其实这已经很幸运了，其他小队比我们的损失多得多。

我们选了一个用混凝土加固的地下室作为掩护，从外面有楼梯可以进去。入口的地方还有一堵混凝土防护墙。

我们现在干的活儿终于能让人活跃些了。这又是一个好机会，不仅可以伸展双腿，还可以让灵魂得到舒展。我们抓住了这样的机会，只不过因为处境太过绝望，又不能长时间地多愁善感，毕竟偶尔的身心舒展只有在情况不太糟糕时才有可能。我们别无选择，只能接受事实，甚至当脑海里浮现出战前岁月的时候，我会感到害怕。这样的回忆也不会在头脑中停留很久。

我们必须尽可能轻松地看待现在的处境。

这就是为什么我们要利用每一个机会，直接地、艰难地、没有任何过渡地用胡闹来掩饰恐惧。我们别无他法，只能让自己沉浸其中。现在我们带着火一般的热情要创造一个愉快安静的田园，一个能尽情吃饭和睡觉的田园。

我们先在小屋里放上床垫，这是我们从其他房子里拖过来的；士兵非常喜欢坐在松软的东西上。只剩下屋子中间的地方还空着。我们还找到了床罩和羽绒被，都是一些非常软的东西。村里的好东西挺多的。阿尔伯特和我找到了能拆卸的红木床，上面有一个蓝色丝绸床罩和一条蕾丝盖毯。虽然在搬运时我们像猴子一样累得满头大汗，但还是不想错过这样的好东西，就算我们不拿，它们也会在几天后被炸成碎片。

卡特和我简单地搜寻了这些房子。不一会儿，我们就找到了一打鸡蛋和两磅比较新鲜的黄油。突然间，另一个屋子里传来一声巨响，一个铁炉子呼啸着穿过墙壁，从我们身边飞过，又穿过了距离我们一米远的另一堵墙。两个大洞。这个炉子是从我们对面的房子飞过来的,一颗手榴弹被扔进了那里。"真幸运啊。"卡特咧嘴一笑,我们继续搜寻东西。突然间,我们竖起了耳朵,迈着大步向前走。我们像中了魔法一样站在那里:它们还在这儿。我们抓住了它们——毫无疑问,是两头小乳猪。

马上就可以拥有丰盛的晚餐了。在离我们的掩体大约五十步的地方有一个小房子,那里曾是军官的临时住所。厨房里有一个大灶台、两个火炉,还有平底锅、盆和烧水壶,东西一应俱全,棚子里甚至还有很多柴火——真是童话中的天国啊!

我们中的两个人一早就开始到地里找土豆、胡萝卜和蔬菜了。食物很充足,已经让我们不屑于食物供应处的罐头了,我们只想吃点新鲜的。储藏室里已经有两棵花椰菜了。

小猪都被宰了。卡特利落地把它们解决掉。我们想做土豆煎饼来搭配烤肉,但是找不到礤床儿,不过这也很快得到了解决——我们用钉子在罐头盖上凿了很多洞,这就成了礤床儿。三个人为了在磨土豆的时候保护自己的手指,还戴上了厚手套,另外两个负责削土豆皮,一切都进行得很快。

卡特负责处理小猪、胡萝卜、花椰菜,还给花椰菜配上了一种白色酱汁。我负责烤煎饼,一次能烤四个。十分钟后，我就掌握了颠勺的技巧，煎饼熟了的那面会腾空而起，在空中翻个面后会再落到平底锅里。小猪是整只烤的，所有的东西都在围着它转，就像围绕着祭坛一样。

烤肉的时候，两个话务员也过来了，我们慷慨地邀请他们一起吃饭。他们坐在客厅里，那里刚好摆着一架钢琴。于是一个人弹着钢琴，另一个人唱着《致威悉河》。虽然他们唱得很有感情，但有一股浓浓的萨克森味儿。不过，还是让人感动。

慢慢的，我们意识到一场猛烈的攻击正在靠近，系留气球观测到了我们烟囱里冒的烟。那是该死的低空炸弹，虽然只会砸出很小的一个洞，但却又深又低。炮弹的呼啸声越来越近，我们却不能扔下吃的不管。那批人已经确定了我们的位置。几块弹片呼啸着从上方穿过厨房的窗户。烤肉马上就好了。但是现在继续做土豆煎饼变得更困难。炮火十分密集，经常有弹片砸在处墙上，掠过窗户。每当听到有东西向我呼啸而来的时候，我就会拿着平底锅和煎饼跪到地上，蜷缩着身体躲到靠近窗户的那堵墙的附近；之后又马上重新站起来，继续烤煎饼。

那个萨克森人停止了演奏——一块弹片飞了过来，砸进了钢琴。我们也逐渐干完了自己的活儿，准备撤退。在下一次袭击发生时，两个人拿着蔬菜盆跑了有五十米。我们就这样看着他们逃入掩体中。

　　紧接着又是一次攻击。所有人都弯下腰低着头，接着，又有两个人小跑着离开了，每个人手里都拿着一大壶上好的咖啡，刚好在下一次攻击发生之前进入了掩体。

　　卡特和克罗普拿着最重要的东西：装着褐色烤乳猪的大锅。他们大吼一声，膝盖一弯，就开始在五十米的空地上奔跑。我还烤着最后四个煎饼，有两次我不得不趴在地上——但这让我们多出了四个煎饼，这是我最爱吃的东西了。

　　随后，我拿着一摞盘子紧贴在门后。周围传来不间断的爆炸声，我双手捧着盘子放在胸前，一路小跑。就在我快到掩体时，火力增强了，我像鹿一样冲了过去，绕到混凝土墙后。炮弹砸在墙上，我从地下室的楼梯上摔了下去，虽然胳膊肘擦伤了，但手中的煎饼一个也没掉，盘子也没翻。

　　两点的时候我们开饭了，一直吃到六点。六点到六点半，我们喝咖啡——来自供应处的军官咖啡——搭配军官的雪茄和香烟——它们也来自供应处。六点半，我们开始吃晚饭。十点，我们把猪骨头扔到门外，接着就开始喝白兰地和朗姆酒——这也是从幸运的供应处拿过来的，抽起又长又粗的带着茄标的雪茄。特雅登说，现在只缺一样：军官妓院里的姑娘。

　　晚些时候，我们听到了喵喵的叫声。一只灰色小猫正蹲在门口。我们把它引了过来，喂它吃东西。这也让我们有了食欲。躺下睡觉时，我们嘴里还嚼着东西。

但是晚上就倒霉了。我们吃得太油了。新鲜的乳猪正在攻击我们的肠道。掩体里一直有人来来回回地上厕所。有两三个人一直坐在外面，裤子都没提上，嘴里不停地骂骂咧咧。我已经去了九次了。四点，我们创下纪录：十一个人，无论执勤的人还是客人，都坐在外面上厕所。

燃烧的房子像火把一样矗立在黑夜中。手榴弹轰隆隆地飞来，发出砰砰的爆炸声。弹药运送队在路上飞奔。供应处的一侧已经被炸裂了。虽然到处都横飞着弹片，弹药运送队的司机们还是像群蜜蜂一样拥进去抢面包。我们都平静地不予理会。如果我们对他们说什么，最坏的情况是被打一顿。所以我们换了一种方式，跟他们解释说我们是守卫。因为我们非常了解情况，所以就带着罐头过来了，想要用它们来换缺的东西。这有什么关系呢——反正短时间内所有东西都会被炸毁。我们自己从仓库拿出巧克力，一块接一块地吃着。卡特说，这对肠胃有好处。

十四天里，我们基本都是这样过的，有吃有喝，经常到处闲逛。没有人会打扰我们。村子在手榴弹的袭击中慢慢消失，我们幸运地活下来了。只要供应处还没完全炸毁，一切对我们来说就都无所谓，我们只希望能在这个地方等待战争结束。

特雅登现在过得十分精致，抽雪茄都只抽一半。他傲慢地解释说，自己已经习惯了。卡特也很高兴，他早起说的第一句话就是："埃米尔，请您把鱼子酱和咖啡给我拿过来。"让人惊讶的是，我们当中的每个人都把其他人当作仆人，用"您"来称呼，然后给他下命令。"克罗普，我的脚底有点痒，请您把那只虱子抓走扔掉。"说完，勒尔像演员一样把腿朝他伸过去，阿尔伯特扶着他上了楼梯。"特雅登！"——"什么事？"——"请您站好，特雅登，顺便说一下，不是'什么事'，而是'请您下命令'——那么，特雅登！"特雅登又客串表演了一次《格茨·冯·贝利辛根》里舔屁股的桥段。

又过了八天，我们接到了撤退的命令。美好的生活结束了。两辆大卡车把我们拉走了。车上高高地摞起木板，阿尔伯特和我还在最上面放上了带蓝色丝绸床罩的床、床垫和蕾丝羽绒被。后面的床头上还放着精美的食物，每个人都有一袋。我们有时会在袋子上摸一摸，里面有硬瘦肉香肠，装着肝肠的罐子和罐头，雪茄盒也让我们心生欢喜。每个人的袋子里都有这些。

克罗普和我还抢救了两个天鹅绒靠背椅。它们立在床上，我们像坐在剧院包厢里一样伸展着四肢，头上丝质的床罩就是篷顶。每个人的嘴里都叼着一根长长的雪茄。就这样，我们从上面俯瞰着四周。

我们中间还有一个鹦鹉笼子，是专门为小猫准备的。它被我们带在身边，现在正躺在里面呼呼大睡，前面放着它的饭碗。

卡车慢慢地滚过街道。我们唱着歌。在我们身后，炸弹像喷泉一样在无人的村子里飞溅着火花。

几天后，我们出发去清理一个村庄。路上，遇见了流亡的村民。他们用手推车和婴儿车推着自己的家当，身上也背着些。他们弯着腰，脸上充满了悲伤、绝望、慌张和顺从。妈妈抱着孩子；有时会看到大一点的小女孩儿领着更小的孩子跟跟跄跄地往前走，一次次地回头看。有几个孩子手里还拿着可怜的娃娃。从我们身边经过时，所有人都沉默不语。

我们列队行进，法国人是不会向有同胞的村庄开火的。但是几分钟后就听到空气中传来了炮弹的呼啸声，大地在震动，尖叫声四起——一颗手榴弹击垮了队伍的尾端。我们四散跳开，扑倒在地，但就在同一刻，那个在炮火的攻击下总是让我无意识地做出正确行动的紧张感又袭来了，"你要完蛋了"的想法和窒息的、可怕的恐惧让我一惊而起——下一刻，炮火像鞭子一样扫过我的左腿。我听到阿尔伯特的尖叫声，他就在我旁边。

"快走，起来，阿尔伯特！"我喊道，因为我们正趴在没有任何掩体的空地上。

他踉跄地站起来向前跑。我跟在他旁边。我们得穿过一片灌木丛；它比我们要高一些。克罗普抓住一根树枝，我就往上托他受伤的腿，他大叫了一声，就这样翻了过去。我一跃而起，跟在他身后掉进了灌木丛后方的池塘里。

我们的脸上都是浮萍和污泥，但这些作为掩护再好不过了。我们把头部以下的整个身体都浸在水里。当炮弹过来的时候，我们把头也伸了进去。

这样做了十几次之后，我就厌烦了。阿尔伯特也抱怨道："我们离开这儿吧，要不我肯定得倒下去淹死。"

"你伤在哪儿？"我问。

"我感觉应该在膝盖的位置。"

"你还能走吗？"

"我觉得可以——"

"那我们走吧。"

路边有一个沟渠，我们弯腰沿着它向前跑。火力在我们身后。这条路的方向是军火库。如果它被炸毁，那么我们连一个纽扣都不会剩。所以我们改变了计划，跑到另一个隐蔽处里去了。

阿尔伯特放慢了速度。他摔倒了，"你先跑吧，我能追上你。"他说。

我扶起他，用力摇着，"站起来，阿尔伯特，一旦你倒下了，就再也起不来了。快走，我扶着你。"

我们终于走到了一处小小的避弹所。克罗普扑倒在地，我给他包扎了伤口。他被击中的位置在膝盖上面一点。我看了看自己——裤子上都是血，胳膊上也是。阿尔伯特用他随身携带的绷带给我受伤的地方包扎。他的腿已经动不了了，我们都很吃惊自己到底是怎样跑到这里来的。只有恐惧能做到；即使我们的脚被炸断，就算只剩下残肢，也会继续向前跑。

我还能爬着出去喊路过的救援车来接我们。车上全是伤员。医疗队的士兵过来在我们的胸口上打了破伤风针。

我们被安排好在野战医院，并排躺着。那里只有稀粥，我们贪婪又轻蔑地把它吃光了，因为虽然已经习惯了更好的日子，但现在太饿了。

"现在我们要回家了，阿尔伯特。"我说。

"希望是这样，"他回答说，"我要是知道我伤得怎么样就好了。"

疼痛感更强烈了。就像有火在灼烧着绷带。我们不停地喝水，一杯接着一杯。

"被击中的地方离膝盖有多远？"克罗普问。

"至少十厘米，阿尔伯特。"我回答说。事实上，可能只有三厘米。

"我已经决定了，"过了一会儿，他说，"他们要是敢动我一根骨头，我就自杀。我不想当个瘸子在这个世界上走来走去。"

我们就这样躺着，等待着，脑子里各有想法。

晚上，我们被带到了屠宰场。我很害怕，脑子飞快地转着，看看能做什么；因为我们都很清楚，野战医院的医生很擅长给人截肢。如果充血的地方很大，截肢要比复杂的修补容易得多。这让我想起了凯梅里奇。就算我得敲碎几个人的脑袋，也决不让他们给我用麻药。

手术进展得挺顺利。医生在伤口处戳来戳去，疼得我眼前发黑。"别动。"他抱怨着，继续用刀切着我的伤口。仪器在明亮的灯光下闪着银光，就像凶恶的猛兽。疼痛让人无法忍受。两个卫生员抓紧我的胳膊，但我挣脱开了一只，就在它马上要撞到医生的眼镜时，他看到了，立刻躲开。"给他上麻药！"他生气地喊道。

这时，我平静下来。"对不起，医生，我不会动了，但请不要给我打麻药。"

"好吧。"说完，他又拿起工具。这是一个金发小伙子，最多三十岁，脸上有疤痕，戴着让人讨厌的金丝眼镜。我能感觉到，他现在要折磨我，他在我的伤口位置挖来挖去，偶尔透过眼镜瞟我一眼。我的手紧紧抓住床把手，就算立刻死去，也不想让他听见我的呻吟声。

他从伤口中拿出一块弹片，朝我扔了过来。他看起来对我还是比较满意的，因为他很仔细地给我上了夹板，对我说："明天就能回家了。"接着，我上了石膏。当我回到克罗普身边的时候，我跟他说，明天可能会有医院的车要来。

"必须得找野战医院的军士长谈谈，这样我们才能在一起，阿尔伯特。"

我说了几句妥帖的话，成功地递给军士长两支带茄标的雪茄。他闻了闻，问我："还有吗？"

"我还有一整把雪茄。"我说，"我的战友，"我指了指克罗普，"也有这么多。我们明天会在医院火车的车窗里把所有的烟都递给您。"

他当然明白，又闻了闻雪茄，跟我说："成交。"

夜里，我们一分钟也睡不着。我们的大厅里死了七个人。其中一个在垂死之际用男高音唱了一小时的赞美诗。另一个从床上爬到窗口，他躺在那儿，仿佛想要在生命的最后一刻再看看窗外。

我们的担架已经到火车站了，现在正在等火车。天下着雨，火车站没有屋顶，遮雨板也很窄。我们已经等了两个小时了。

军士长像母亲一样照顾着我们。虽然我的情况很糟糕，但并没有忘记我们的计划。我看着放在旁边的包裹，给了他一支雪茄当作预付款。作为回报，军士长用帐篷布为我们挡雨。

"天哪，阿尔伯特。"我想起来，"我们那张带顶的床和猫——"

"还有靠背椅。"他补充道。

是啊，那个红色天鹅绒的靠背椅。晚上的时候，我们会像侯爵一样坐在上面，计划着以后按小时把它租出去，一小时一支香烟。这样就能过上无忧无虑的生活，也算是做生意了。

"阿尔伯特，"我突然想起来，"我们还有满满一袋的食物呢。"

我们有些伤心，这些东西本来是用得着的。如果火车晚一天开，卡特肯定会找到我们，把东西带来。

该死的命运啊。我们肚子里是面汤和少得可怜的医院餐，而我们的袋子里却有罐装的烤猪肉。但是我们太虚弱了，没法子为了这个再去生气。

火车在早上进站时，担架已经湿透了。军士长确保我们上了同一节车厢。一大批红十字会的护士都在那里。克罗普的东西被放在了下铺。我被抬起来放到他上面的床上。

"谢天谢地。"我脱口而出。

"怎么了？"护士问道。

我又看了一眼床。上面铺着雪白的亚麻布，十分干净，甚至还有几道折痕，真是难以置信。但我的衬衫已经六个星期没洗过了。

"您自己爬不上床是吗？"护士关切地问我。

"我可以，"我满头大汗地说，"但是请您先把床单拿走。"

"为什么呢？"

我觉得自己像头猪。我能就这样躺到上面吗？"这有一点——"我犹豫着说。

"有点脏是吗？"她轻快地说，"没关系，我们之后会清洗的。"

"不，不是——"我不安地说。我无法应对这种来自文明世界的冲击。

"对于曾经待在战壕里的士兵，我们愿意多洗一条床单。"她继续说。

我看着她，她看起来年轻迷人，身上一尘不染，很精致，就像这里的其他东西一样。我无法理解，除了军官，这里的一切也是为普通人准备的，我却觉得毛骨悚然，甚至有一种被威胁的感觉。

女人真是折磨人啊，她会强迫你说出一切。"这只是——"我停下来，她一定明白我的意思。

"还有什么呢？"

"因为有虱子。"最后，我大声喊了出来。

她笑了，"它们也得过几天好日子啊。"

现在，我觉得无所谓了。我爬到床上，盖上了被子。

一只手在我的被子上点了点。是军士长。接着，他带着雪茄离开了。

一小时之后，我们注意到火车开了。

夜里，我醒了。克罗普也在动。火车在轨道上轻声地向前行驶。一切都突如其来，让人无法理解：一张床，一列火车，回家。我轻声说："阿尔伯特！"

"怎么了——"

"你知道厕所在哪儿吗？"

"可能在对面，门的右边。"

"我去看看。"天很黑，我摸索着床沿，小心地向下滑。但是我的脚没找到支撑点，一下子踩空了，上了石膏的腿也使不上劲儿，于是就砰的一声摔倒在地上。

"该死。"我说。

"撞到哪儿了吗？"克罗普问。

"你能听得出来。"我抱怨着，"撞到头了——"

车厢后面的门开了。那个护士拿着灯走了进来，看见了我。

"他从床上掉下来了——"

她摸了摸我的脉搏，又摸了摸我的额头，"您也没发烧啊。"

"没有——"我说。

"那您是做梦了吗？"她问我。

"差不多吧。"我故意回避。现在她的问题又开始了。她用明亮的眼睛看着我，她越是干净漂亮，我越是不能告诉她我想要干什么。

我又被抬上了床。这已经很好了。她走以后，我会马上再试着下床。如果她是一个老妇人，那么告诉她还容易一些，可她偏偏那么年轻，最多二十五岁，我不能跟她说。

这时，阿尔伯特来帮我了，他不害羞，毕竟这不是他的事。他喊住了护士。护士转过身。"护士，他想要——"阿尔伯特也不知道怎么把这件事表达得更礼貌一些。在外面的时候，我们用一个词就可以说明白，但是在这儿，面对着一位女士——突然，他想起了自己上学的时候，于是流利地把话说完了，"他想要出去一下，护士。"

"这样啊，"护士说，"他打着石膏，不用爬下床。您想要去干什么？"她转向我。

她的这个转身真是把我吓到了：因为我不知道怎么专业地称呼这个事儿。护士帮了我。

"小号还是大号？"

真丢脸啊！我像猴子一样满头大汗，尴尬地说："嗯，只是小号——"

毕竟，我还是幸运的。

我拿到了一个瓶子。几个小时后，我就不是唯一一个要去厕所的了，早上的时候大家都习惯了，可以不害羞说出我们到底要干什么。

火车缓慢地向前行驶，有时会停下，把尸体卸下去。停车的频率很高。

阿尔伯特发烧了。我还好，只是有些疼，但更糟的是，石膏下面可能有虱子。我痒得厉害，但却不能挠。

我们整天都在昏睡。风景安静地从窗边经过。第三晚的时候，我们到了黑伯斯塔尔①。我听护士说，下一站的时候要让阿尔伯特下车，因为他发烧了。"火车往哪儿开啊？"我问。

"科隆。"

"阿尔伯特，我们一定要在一起。"我说，"小心点。"

护士再来巡视的时候，我故意不喘气，把脸憋得有些肿胀发红。她在我身边停了下来，"您疼吗？"

"是的。"我呻吟道，"突然有些疼。"

她给了我体温计之后就走了。就算卡特没教我，我也

①比利时的一个村庄。

知道怎么办。士兵用的体温计不是为有经验的军人设计的。只需要让水银柱升上去，它就会一直停在细管里的某个位置，不会下降。

我把体温计斜着向下插到腋下，用手指不断地弹它，又甩了甩，这样就能把水银摇上去。用了这种方法后，体温计显示37.9℃。但这还不够，用火柴小心地靠近体温计可以让它升到38.7℃。

护士回来的时候，我使劲喘着粗气，让自己看起来更肿一些，呼吸急促，用发红的眼睛看着她，不安地动着，低声说："我受不了了——"

她把我的情况记在纸上。我很清楚，没有特殊情况，石膏是不会被打开的。

阿尔伯特和我一起被送下了车。

我们到了一家天主教医院，被安置在同一个房间里。这已经很幸运了，因为天主教医院一直以良好的治疗条件和不错的食物而闻名。从我们车上拉下来的人已经占满了医院，这里有太多的重症伤员了。今天我们没有做检查，因为医生太少。走廊里一直有胶皮轮推车来来回回地从我们旁边经过，每次都有人直挺挺地躺在上面。四肢伸着，平躺，这该死的姿势只有在睡觉的时候才舒服。

夜里很吵。没有人能睡着。快到早上的时候，我们才打了个盹儿。天亮的时候，我就醒了。门开着，我能听到走廊里的声音。其他人也醒了。在这儿待了几天的人给我们解释说："每天早上，楼上都会有人在走廊里祈祷。护士们称这个为早祷。为了让你们也能从祷告中获益，她们就把门打开了。"

这是善意的，但是我们的骨头和脑袋都很疼。

"真是瞎折腾，"我说，"在你刚要睡着的时候搞这些。"

"楼上的病号都是轻症，所以她们才这样做。"他回答说。

阿尔伯特呻吟了一声。我很生气地喊道："外面安静点。"

一分钟之后，护士来了。穿着黑白制服的她像一个漂亮的咖啡壶保暖罩。"护士，请您把门关上。"有人说。

"现在正在祈祷，所以门得开着。"她回答。

"但是我们还想睡觉——"

"祈祷比睡觉好。"她站在那儿无辜地笑着，"已经七点了。"

阿尔伯特又呻吟了一声。"把门关上！"我大声喊道。

她惊呆了，看起来完全无法理解这样的事情。"这也是在为您祈祷。"

"无所谓！把门关上！"

她走了，门还开着。祈祷声再次响起。我快疯了，喊道："我数到三。如果还没停的话，就会有东西飞出去。"

"我也会这么做。"另一个人说道。

我数到了五，接着拿起一个瓶子，瞄准后，把它扔出门，扔到走廊上。瓶子立时碎成了无数片。祈祷停止了。一群护士走了进来，略带克制地责骂着我们。

"把门关上！"我们喊道。

她们走了。最先进来的那个最矮的护士最后一个离开。

"你们这群异教徒。"她说道，但还是把门关上了。我们赢了。

中午的时候，医院监察员来了，他训斥了我们，威胁说要把我们送走关禁闭，并加以惩罚。军队医院的监察员就像物资供应处的监察员一样，虽然带着军刀和肩章，但他实际上只是个公职人员，连新兵都不会把他放在眼里。所以我们就听着他喋喋不休。他又能拿我们怎么样呢？

"谁扔的瓶子？"他问。

我还没来得及想要不要开口，就有人说："我！"

一个胡子蓬乱的男人站了起来。大家都很好奇，他为什么要承认是自己做的。

"您？"

"是的。我们当时被没必要的事情吵醒了，我很激动，失去了理智，当时我并不知道自己在做什么。"他说话的时候就像照着书在念。

"您叫什么名字？"

"后备兵约瑟夫·哈马赫。"

监察员走了。

所有人都很好奇。"为什么你说是你做的？你根本没做啊。"

他咧嘴一笑，"没事。我有'狩猎证'。"

每个人都明白了。谁有这样的证明都可以任意妄为。

"是的，"他说，"我的头部中枪了，得到了医疗证明，上面写着我是暂时性精神错乱。从那时起，我就走运了。谁也不能刺激我。其实，我什么事也没有。楼下的人肯定会很恼火。而我承认这件事是我干的，是因为我喜欢扔东西。如果她们明天再开门，我们就再往外扔东西。"

我们都非常高兴。有约瑟夫·哈马赫在中间，我们就什么都敢做了。

过了一会儿，平板车来接我们，其间没有发出任何噪音。

绷带粘得很牢。我们疼得像牛一样大吼大叫。

我们房间里一共八个人。彼得长着一头黑色鬈发，伤得最重——是情况比较复杂的肺部中弹。弗朗茨·韦克特躺在他的旁边，手臂中弹，起初看起来并不是很严重。但是在第三天夜里，他喊我们帮他按铃，因为他觉得血已经渗出绷带了。

我用力地按铃。夜班护士并没有来。晚上的时候，因为我们所有人都换了新的绷带，疼得厉害，所以也把她折腾得够呛。一个人想要把腿这样放，另一个人想要那样放，第三个人要喝水，第四个人让她把枕头拍松；——最后，这个胖老太太骂了一句，摔门走了。现在，她一定怀疑我们又要做类似的事情折腾她，所以就没过来。

我们等待着。弗朗茨说："再按一次铃。"

我又按了一次铃。还是看不到她的人影。在夜里，我们这一侧只有一个值班护士，可能她到其他病房去了。"弗朗茨，你确定你在流血吗？"我问，"不然我们又要挨训了。"

"绷带上是湿的。谁能把灯打开？"

这也行不通。开关在门边，谁也站不起来。我把大拇指一直按在铃上，直到它失去知觉。可能护士睡着了。她们有很多工作，白天的时候就已经超负荷了，再加上不断地祷告，就更累了。

"我们应该扔瓶子吗？"有"狩猎证"的约瑟夫·哈马赫问道。

"摔东西的声音还没有铃声大呢。"

门终于开了。老太太绷着脸进来了。当她注意到弗朗茨的时候，急忙喊了起来："为什么没有人告诉我？"

"我们已经按铃了，没有人过来。"

他出血很严重，被重新包扎了一遍。早上，我们看到他的脸比之前更瘦削，面色也有些蜡黄；昨天晚上的时候他看起来还很好啊。现在，护士过来的频率更高了。

有时，这里也会来些红十字会的辅助护士。她们心地善良，但有时很笨拙。在给病人换床的时候，她们经常会把人弄疼，这个时候她们又会因为害怕而手忙脚乱，这就让病人更疼了。

修女们更可靠。她们知道怎样处理，但是我们希望她们能更有趣一些。她们当中的几个还是很幽默的，也非常出色。谁会不愿意为利伯坦修女效劳呢，看到这位出色的修女从远处走来，就能给我们这里的所有人传递快乐。这样的人在这儿有好几个。我们可以为了她们穿越火海。真的不需要再抱怨什么了，在这里，修女们能像对待平民一样对待你。反过来再想想驻军医院，你可能会感到恐惧不已。

弗朗茨·韦克特再也没能恢复以前的体力。一天，他被带走了，再也不会被送回来。约瑟夫·哈马赫知道是怎么回事："我们再也见不到他了。他们已经把他送去死人间了。"

"什么是死人间？"

"嗯，就是死亡室——"

"这是什么地方？"

"是在这一侧角落里的小房间。那些快要死去的人就会被送到那里。里面有两张床。所有人都称它为'死亡室'。"

"但是他们为什么这样做？"

"这样的话，他们就不会有那么多的工作了。而且这个房间就在停尸房入口的地方，也更方便。或许，他们这样做是不想让人死在大厅里，因为这里还有其他人。他一个人在那里的话，也方便他们更好地照顾他。"

"但是他自己愿意吗？"

约瑟夫耸了耸肩，"通常情况下，他已经意识不到这一点了。"

"每个人都知道这个'死人间'吗？"

"在这里待得比较久的人都知道。"

下午，弗朗茨·韦克特的床就被新人占了。几天之后，他们又会把新人接走。约瑟夫做了一个意味深长的手势。我们看到很多人来了又走了。

有的时候，有些军属会坐在床边哭，或者低声、不知所措地说话。一位老妇人不想走，但她却不能在这儿过夜。

第二天早上，她来得很早，但还不够早；因为她过来的时候，已经有别人躺在床上了。她不得不去停尸房。于是，她把带在身上的苹果都分给了我们。

小彼得的情况也越来越糟。他的体温表看起来不太乐观，终于有一天，平板车来到了他的床边。"要带我去哪儿？"他问。

"去包扎室。"

他被抬了上去。但是护士犯了个错误，为了不用跑两趟，她把他的军服从挂钩上取了下来，一起放到了车上。

彼得立刻明白了，他想要从车上滚下去，"我就待在这儿！"

他们按住了他。他用那受伤的肺低声喊着："我不想去'死人间'。"

"我们要去包扎室。"

"那为什么要带走我的军服？"他已经说不出话了，只能用几乎听不到的嘶哑的、激动的声音说："我要留在这儿！"

他们没有回答，直接把他拉了出去。在门口的时候，他还试着站起来。他那长着黑色鬈发的脑袋不停地颤抖着，眼睛里饱含泪水。"我会回来的！我会回来的！"他喊道。

门关上了。所有人都很激动，但我们都没说话。终于，约瑟夫开口了："很多人都这样说。只要一进去，没人能挺过来。"

我做了手术，呕吐了两天。我的骨头不想往一起长，医生的助手是这样说的。另一只胳膊长得也不对，他们要把它再打断重接。这会让人很痛苦。

我们中间又来了两个有扁平足的年轻士兵。在查房时，主任医生发现了他们，高兴地站在他们面前。"我们会帮你们摆脱这个问题，"他说，"只需要一个小手术，你们就能获得健康的脚，护士，记下来。"

他走后，无所不知的约瑟夫警告他们："你们千万别做手术！这是出于这个老头子对科学的狂热。为了这个，他会疯狂地对待他能抓到的人。他给你们做扁平足手术，之后你们的确没有扁平足了，但是你们的脚会畸形，可能一辈子都得拄拐。"

"那怎么办？"其中一个人问道。

"跟他们说不！你们到这里是为了治疗枪伤，不是来治扁平足的！在战场上，你们就没有扁平足了吗？嗯，你们看到了吧。现在你们还能走能跑，但一旦老头子对你们动了刀子，你们就成瘸子了。他需要小白鼠，所以对于他来说，战争是个好时机，对所有医生来说都是这样。你们看看楼下的病房，那里有十几个人在到处爬，他们都是做过手术的。好几个人是从十四、十五岁就在这儿，待了好几年了。没有一个人比之前走得更利索；几乎所有人的情况都更糟了，大部分人还带着石膏。每半年，他就会抓住他们，重新打断他们的骨头，每次都说手术成功。你们得小心，如果你们不同意手术，他就不能手术。"

"啊，天哪。"其中一个人疲惫地说，"给脚做手术好过给头做手术。你知道如果再上战场，会发生什么吗？只要能让我回家，他们可以对我为所欲为。瘸子总比死了好。"

另外一个年轻人跟我们一样不同意手术。第二天早上，老头子就把两个人都接走了，对他们又是说又是骂，逼得两个人不得不同意。他们还能做什么呢？他们只是步兵，而他是个大人物。他们被送回来的时候打着石膏，被用药麻醉了。

阿尔伯特的情况很不好。他被带走截了肢。整条腿都被切掉了。现在，他几乎一句话也说不出来了。有一次他说，如果他再拿到左轮手枪，一定会朝自己开一枪。

一批新人被运送过来。我们的房间里接收了两个盲人。其中一个是非常年轻的音乐家。护士在给他送饭时从来不会带餐刀，因为他以前从护士手里抢过一次。虽然很小心，但不好的事还是发生了。晚上，护士给他喂饭的时候被叫走了，盘子和叉子就放在他的桌子上。他摸索到叉子，紧紧抓住，用尽全身力气朝心脏刺去，接着，他又拿起一只鞋，使劲朝叉子的手柄处砸去。我们大声呼救，三个人用尽全力才能把叉子拔了出来。叉子上很钝的尖齿已经深深地刺入他的心脏。他整晚都在骂我们，没人能睡觉。早上，他还在歇斯底里地狂叫。

床又空出来了。在痛苦和恐惧中，在呻吟和喘息中，时间就这样过去了。"死人间"的存在也不再有任何用处，因为位置太少了，夜里还是有人死在我们的房间里。死亡比护士思考的速度更快。

但是有一天门打开了，平板车推了进来，彼得直挺挺地坐在担架上，他脸色苍白，身材瘦削，带着胜利的喜悦，黑色的鬈发有些凌乱。利伯坦修女把容光焕发的他推到了他以前的床上。他从"死人间"回来了。我们以为他早就已经死了。

他环顾四周："你们现在怎么说？"

约瑟夫不得不承认，这样的事他还是头一次见。

渐渐的，我们中的一些人已经允许站起来走路了。我也拿到了拐杖，可以到处走走。但是我却很少用；在房间里走动的时候，我受不了阿尔伯特的目光。他总是用奇怪的眼神盯着我。所以，我有时会溜到走廊——在那儿，我可以更自由地活动。

下面的楼层躺着腹部中弹、脊椎中弹、头部中弹和双臂都被截肢的伤员。右侧的病房里住着下颌中弹、毒气中毒和耳鼻喉中弹的伤员。左侧的病房里是失明的伤员，以及肺部、骨盆、关节、肾脏、睾丸和胃部中弹的伤员。在这里你可以看到，人的任何一个部位都能被击中。

两个人死于破伤风。他们皮肤苍白，四肢僵硬，最后只有眼睛——长久地——保留着一丝生气。伤员们受伤的胳膊或腿悬空挂在架子上；伤口流出的脓液滴到下面的盆里。每隔两到三个小时，盆里的液体就会被倒掉。其他人被绑在床上做骨牵引，沉重的秤砣吊在床的另一头。我看见满是粪便的肠道伤口。医生的助手还给我看了粉碎的髋骨、膝盖和肩膀的 X 光片。

让人无法理解的是，在被撕裂的身体上还有人类的面孔，在这些面孔中，普通人的生活已经被剥夺了。这只是一家野战医院的一个科室——而在德国、法国和俄国有无数个这样的医院。这样的事发生了，让曾经所写、所做、所想的一切都变得毫无意义！如果几千年的文明都不能阻止血流成河的战争，不能让无数痛苦的牢笼消失，那么一切都是谎言，一切都毫无意义。只有野战医院才能诠释战争到底是什么。

我还年轻，才二十岁；但对生活的了解却只有绝望、死亡和恐惧，它由毫无意义的肤浅和痛苦的深渊组成。我看到各国人民互相驱逐，彼此在沉默地、无知地、愚蠢地、顺从地、无辜地互相残杀。我看到世界上最聪明的大脑发明了武器，制造了舆论，只为了让这一切变得更合理、更持久。全世界与我同龄的年轻人都像我一样看到了这一切，我们这代人都跟我一起经历了这一切。如果有一天我们走到父辈的面前向他们问责，他们会怎么做呢？如果战争结束了，他们会对我们有什么期望呢？几年来，我们的工作就是杀人——这是我们人生中的第一个职业。我们对生活的认知仅限于死亡。之后会发生什么？我们会变成什么样的人呢？

我们房间里年龄最大的是莱万多夫斯基。他今年四十岁，因为腹部中弹已经在医院躺了十个月了。直到前几周才能弯着腰、一瘸一拐地走几步路。

从几天前开始，他就非常激动。因为他的妻子从波兰的小乡村给他来信了，信上说她已经攒够钱，可以买票来看他了。

她现在正在路上，随时都可能到。莱万多夫斯基食不知味，红甘蓝煎香肠也只吃一口就给别人了。他拿着信一直在屋子里到处走，每个人都已经看了十几遍，邮戳不知道被反复查看了多少次，油渍和指痕让信纸上的字迹变得模糊，但是不该来的还是来了：莱万多夫斯基发烧了，不得不躺回床上。

他已经两年没见妻子了。这期间，她生下了他们的孩子，这次也把孩子带来了。但是莱万多夫斯基想的是其他事情。在他妻子来的时候，他希望可以拿到外出许可，因为很明显：能见面确实很好，但一个人在很长时间之后再与妻子重逢，可能的话，肯定想做点别的事情。

莱万多夫斯基已经跟我们讨论了几个小时，在军队里这根本不是什么秘密。其他人也不觉得有什么不对。我们当中已经能出去的人把城里的几个好地方告诉了他，还有不会被打扰的公园和花园。其中一个甚至还知道哪里有小房间。

但这一切有什么用呢，莱万多夫斯基现在正焦虑地躺在床上。如果错过这事儿，那他的人生还有什么乐趣。我们安慰他，向他保证肯定会找到解决办法。

在某个下午，他的妻子来了，她是一个瘦小、干瘪的女人，眼睛像小鸟一样透着焦虑和不安，戴着布满褶皱和缎带的黑色头巾；天知道，她是从哪儿继承了这种东西。

她轻声地喃喃自语，怯生生地站在门口。我们屋子里有六个男人，肯定是吓到她了。

"嗯，玛雅。"莱万多夫斯基说，他吞了口口水，喉结动了动，"放心进来吧，他们不会伤害你。"

她绕了过来，跟我们每个人握了手。然后她让我们看看孩子，就在这时，孩子的尿布湿了。她从随身携带的绣着珠子的手提包里拿出了一条干净的布条，麻利地给孩子换上了新尿布。就这样，初见的尴尬不见了，两个人开始说话。

莱万多夫斯基有些不耐烦，他一直用眼睛直瞪瞪地看着我们，很不高兴。

时间其实刚刚好，医生巡房的时间已经过了，最多有一个护士会来房间看看。所以我们中的一个人又出去看了看情况。他回来后点了点头，"一个人也看不到。你跟她说吧，约翰，抓紧点时间。"

他们用自己的语言聊天。女人抬起头，脸有些红，面露尴尬。我们善意地咧嘴一笑，摆了个鄙视的手势，没什么大不了的！魔鬼带走了所有偏见，它们是为其他时代制定的，而这里躺着的是木工莱万多夫斯基，那里是他的妻子，谁知道他们什么时候会再见面，他想拥有她，他也应该拥有她，就这么简单。

两个人站在门口拦截护士，如果她们刚好路过，就给她们安排点事儿干。他们打算在门口守一刻钟。

莱万多夫斯基只能侧躺，所以我们用枕头垫着他的后背。阿尔伯特抱着孩子，然后我们稍微转过身，黑色的头巾就在被子下消失了，我们打着斯卡特，大声地说着牌话。

一切都很顺利。我手里都是梅花牌，还有四张王牌，赢的可能性很高。我们几乎把莱万多夫斯基忘了。过了一会儿，孩子开始哭，阿尔伯特来回晃也不管用。接着，哭声小了，我们抬头的时候看到孩子已经把奶瓶含在嘴里，躺在妈妈的怀里了。事情成了。

现在，我们就像一个大家庭。女人变得容光焕发，莱万多夫斯基躺在那里大汗淋漓，春光满面。

他解开了绣花的提包，露出几根上好的香肠，莱万多夫斯基像拿着花束一样拿着餐刀，把肉切成小块。他用夸张的手势指着我们——那个瘦小单薄的女人走到我们面前，笑着给我们分香肠；她现在看起来很漂亮。我们叫她妈妈，她很高兴，还把我们的枕头也给拍松了。

几周后，我每天早上都得去灿德尔学院①。在那里，我的腿会被皮带环扣住，尝试着活动，胳膊早就已经痊愈了。

又有新的伤员从战场上送了过来。包扎用的不再是绷带，而是白色的绉布纸。绷带在外面十分紧缺。

阿尔伯特的断肢恢复得很好。伤口几乎已经闭合了。几周后，他会去假肢病房。他的话越来越少，人也比以前严肃。他经常会在聊天时停下来，两眼发呆。如果他不是跟我们在一起，可能早就完了。但现在他已经度过了最坏的时期。有时，他也会看我们玩斯卡特。

①古斯塔夫·灿德尔医生创办的一家物理治疗机构。

我拿到了几天的康复假期。

妈妈不想让我再离开了。她太虚弱了。一切都比我上次回来的时候更糟。

之后，我被团里召回，又回到了战场。

跟我的朋友阿尔伯特·克罗普告别是一件艰难的事。但在军队里，随着时间的推移，你总会学会。

XI

　　我们已经不再数日子了。我回来的时候还是冬天，炮弹砸过来的时候，上冻的土块跟弹片一样危险。现在树又绿了。生活在前线和军营间来回切换，从某种程度上说，我们已经适应了。战争只是一种让人死亡的原因，跟癌症、肺结核、流感和痢疾没什么不同。只不过在这里，死亡发生的频率更高，死因也更多、更残酷。

　　我们的思想就像泥土，随着时间的流逝而被重塑——在我们空闲的时候，它的状态良好；当我们在战火中时，它就死了。我们的内心与外面的战场一样布满了弹坑。

　　所有人都是这样，并不仅是在这里的我们——过去的一切已经不再适用，你也不会记得它了。教育和教养塑造出来的差别变得模糊，甚至已经无法辨认。有时，这些差别会在某种情况下被充分利用，从而带来优势；但也会因为唤醒了某些必须克服的阻碍而带来劣势。这就好比我们以前是不同国家的硬币，熔化后又统一压印。如果你想要知道差异，就得自己检查材料。我们首先是士兵，然后才是以奇怪而可耻的方式生存的人。

这是一种伟大的朋友情谊，它把民歌中的友谊、囚犯们的团结与死囚们的绝望相伴用奇特的方式融合成生命的一个阶段，处于危险中的生命摆脱了死亡的焦虑和阴郁，以一种毫不感伤的方式任意挥霍着得来的时间。你可以用英勇和乏味来评价它——但谁又想这样呢？

这其中当然也包括在被通知有敌人袭击时特雅登快速地把带肥肉的豌豆汤吃光的事，因为他不知道一小时之后他还能不能活着。这样做是对是错，我们也讨论了很长时间。卡特觉得不对，因为他说腹部中枪的时候，胃里的东西太多会比空腹更危险。

这样的事对我们来说是个大问题，也是严重的问题，没有其他选择。在这里，在死亡边缘徘徊的生命是一条极其简单的线，只能做最必要的事情，其他事情则处于沉睡状态——；这就是我们的原始力量，也是我们的救赎。如果不这样，那我们早就已经发疯、逃跑或者死了。这就像在高耸的冰山上探险；——生命的每一种表达方式都是为了活着，并且必然为了这个目的而进行调整。其他的一切都被驱逐了，因为它们会消耗掉不必要的能量。这也是能拯救我们的唯一方式，在面对自己的时候，我经常会觉得好像在面对一个陌生人，安静的时刻，过去神秘的倒影像一面暗淡无光的镜子映照着我现在的轮廓，我惊讶于，这被称为生命的不可名状的行为必须按照这种形式进行塑造。所有其他的生命表达方式都在冬眠，生活在死亡的威胁下只能一直潜伏，——它让我们成为会思考的动物，给了我们本能这个有力武器——它用迟钝来武装我们，这样一来我们就不会在恐怖面前崩溃，而如果我们能清醒地思考，恐惧就会向我们袭来——它唤醒了我们的战友情谊，让我们逃离孤独的深渊——它赋予我们对野蛮的漠视，使我们在经历一切之后仍能保持乐观，可以蓄力对抗虚无的冲击。我们的生活看起来是封闭而坚硬的，偶尔会与一些事情产生火花。但令人惊讶的是，紧接着会有沉重而可怕的渴望火焰向我们袭来。

危险的时刻告诉我们，曾经所有的适应都是假的，它不会带给我们平静，只会在通往平静的路上让人极度紧张。表面上，我们与逃亡黑奴的生存状态没什么不同；但是他们可以一直这样，因为他们本就这样，在紧张的同时，精神力量可以获得进一步扩张，而我们则相反：我们的内部力量不会发展，反而倒退了。他们是放松的、自然的；而我们是极度紧张的、不自然的。

夜里，从梦中醒来，被涌现出的人脸所蛊惑，害怕又无助，我们恐惧地觉察到，把我们与黑暗隔开的边界是多么脆弱——我们是小小的火苗，被一道薄墙保护着，免受死亡与虚无风暴的冲击，我们在其中闪着微弱的光，有时几乎要熄灭。接着，战争沉闷的呼啸声像圆环一样包裹了我们，我们在其中缓慢爬行，瞪大眼睛，盯着黑夜。令人欣慰的是，我们还能感受到战友们沉睡的呼吸声，就这样等待天亮。

每一天、每个小时、每个炮弹以及每个死者都在消磨着这个脆弱的依靠，岁月也在迅速地磨损它。我亲眼看见它是怎样在我周围慢慢倒塌的。

这是一个关于德特林的愚蠢故事。

他属于很能坚持的那类人。但不幸的是，他在花园里看到了一棵樱桃树。当时，我们刚从前线回来，这棵樱桃树在黎明时分出人意料地矗立在新宿营地附近的一个弯道上。树上虽然没有树叶，但却是唯一一棵开了白色花朵的树。

晚上的时候，德特林不见了踪影。后来他回来了，手里拿着几根开着樱桃花的树枝。我们拿他开玩笑，问他是不是要去找媳妇。他没回答，而是躺到了床上。夜里，我听到他那边传来声音，好像是在收拾包裹。我有一种不祥的预感，接着朝他走过去。他假装没事，我跟他说："别做傻事，德特林。"

"哦——我只是睡不着——"

"你为什么摘樱桃花树枝？"

"我有权摘下它吧。"他固执地回答。过了一会儿，他又说："我家有一个大果园，里面就有樱桃树。它们开花的时候，从干草棚望过去就像一张白色的床单，很白很白。现在正是时候。"

"或许你马上就有假期了。你很有可能会以农民的身份被遣回家。"

他点了点头，但有些心不在焉。当农民们情绪激动的时候，他们的脸上会浮现一种奇怪的表情，混合了牛的笨拙和神的渴望，有些愚蠢又有些庄重。为了打消他的念头，我向他要了一块面包。他毫无保留地把面包都给了我。这很可疑，因为他平时很小气。所以我一直保持清醒。什么也没发生，早上的时候他还是跟往常一样。

或许，他已经注意到我在观察他。两天后的早上，他还是走了。我看见他离开，但为了给他留足够的时间逃走，我什么也没说，也许他能成功。我知道已经有好几个人成功逃到荷兰① 了。

---

① 德军中的逃兵会前往中立的荷兰。

但在集合的时候，他的缺席就会很明显。一周后，我们听说他已经被战地宪兵抓住了，那些让人鄙视的军警！他选择了回德国的方向——这个选择当然毫无希望——他一开始做的事情也同样很愚蠢。每个人都知道，逃跑只是因为想家和暂时的头脑发热。但战线后方一百公里的军事法庭① 会怎么看待这件事呢？从那之后，我们再也没听到德特林的消息。

但这种危险的、被压抑的能量有时也会以另一种方式爆发出来，就像被过度加热的锅炉。贝尔格的结局也应该在这儿说一说。

很久之前，我们的战壕就已经被炸烂了，前线的位置变得很灵活，所以我们打的已经不是真正意义上的阵地战了。当进攻和反击来来回回几次后，就只剩下一条被撕裂的战线，激烈的战斗也只能在弹坑间进行了。前方的战线已经被冲破，各小组把弹坑当作掩体，埋伏在里面进行攻击。

我们在一个弹坑里，旁边就是英国人，他们转向了侧翼，抄到了我们的后方，切断了我们与其他人的联系。我们被包围了。投降是很难的，烟雾在我们的头顶飘动，没

---

① 逃兵会被判处死刑。

有人能看出我们想投降，也许我们也不想投降，在这样的时刻你根本不知道自己的真实想法。我们机枪扫射的范围是正前方的半圆。冷却水快蒸发干了，我们急忙传递箱子，每个人都往里面撒尿，这样就有水用来冷却，可以继续射击。但是我们身后的爆炸声越来越近。几分钟后，我们就会战败。

这时，第二把机关枪突然开始扫射。它架在我们旁边的弹坑里，贝尔格弄来的。现在反击开始了，我们也抓住机会跟后方的其他人取得了联系。

在我们找到了不错的掩体后，一个送饭的人告诉我们，几百步外有一只受伤的通信犬躺在那里。

"在哪儿？"贝尔格问。

另一个人给他描述位置。贝尔格听后就要去把狗救回来或者把它当场射杀。几年前他很冷静，根本不会管这样的事。我们试着拦住他。但是当他执意要去时，我们只能说一句："真是疯了！"然后，不得不放他走。因为如果你不能马上把这个人按倒在地，并且制住他，这种炮弹休克发作起来是很危险的。贝尔格身高一米八，是连队里最强壮的人。

他真的疯了，因为他得穿越火墙；——但正是在我们头上某个位置潜伏着的闪电击中了他，让他发病的。其他人也会这样，他们会开始愤怒，会尝试逃跑，有一个人甚至还用自己的手、脚和嘴一直挖土。

　　当然，也有人会假装这样，但假装本身就已经是一个信号了。去解决通信犬的贝尔格被接回来的时候，骨盆已经中枪了，抬他回来的其中一个人也被子弹打中了小腿。

　　穆勒死了。他被近距离的照明弹击中腹部，在完全清醒和极度的痛苦中坚持了半个小时。临死前，他把钱包和那双靴子给了我——就是从凯梅里奇那里继承的靴子。我穿上了它，因为很合脚。在我之后，特雅登会得到靴子，我已经跟他承诺过了。

　　虽然我们可以给穆勒下葬，但是他在很长一段时间内还是无法得到安宁。我们的战线后移了。对面有太多来自英国和美国的新兵团，有太多腌牛肉和白面，太多新武器，太多飞机。

　　我们却又瘦又饿，因为伙食太差，里面还掺杂了很多代用品，我们在吃完这些东西后都病倒了。德国食物制造工厂的老板已经成了富人——我们的肠子却被痢疾毁了。厕所里挤满了蹲着的人，——应该让家乡的人看一看这些面如死灰、可怜又逆来顺受的脸，他们佝偻的身躯，腹部绞痛时便出来的血，还有用疼痛而颤抖扭曲的嘴唇笑着说出的话："真没必要把裤子提上——"

　　我们的炮兵部队已经被摧毁了——弹药太少了——，

炮筒也坏了，这就导致射击不稳，炮弹有时会朝我们自己砸过来。马匹也太少了。我们的新部队是一群急需休息的贫血小伙子，他们连行李都背不动，但却知道自己快死了。这样的人数以千计。他们对战争一无所知，只知道向前冲然后开枪射击。有一个飞行员因为一时来了兴致，把自己军队里的两个连的人都弄死了，因为他们是刚下火车的新人，还不知道找掩护。

"德国马上就要没人了。"卡特说。

我们对战争的结束根本没抱希望，也不会想那么远。你可能会被枪打死，也可能受伤，那么野战医院就是你的下一站。如果没被截肢，也早晚会落入那些扣眼里有战功勋章的上尉军医手里，他们会告诉你："腿只是短了一截，感觉怎么样？只要您有勇气，前线是不需要您往前冲的。这个人 k.v.①。归队！"

卡特讲了一个故事，这个故事从弗格森到弗兰德的整个前线都传遍了——关于一个军医。他拿着体检表点名，有人出列时，他头也不抬地说："k.v.。外面需要士兵。"有个安着木腿的人出列了，上尉医生又说：k.v.。"就在这时，"卡特提高了声音，"那个人对他说：'我已经有了一条木腿；但是如果我现在再出去一次的话，有人把我的头

---

① 符合服兵役的条件，适合所有职务。

打掉,那么我就能安上一个木头脑袋,这样就能成为军医了。'"——我们对这个回答十分满意。

可能会有好医生,而且会有很多;但是每个士兵在经历过上百次的体检后总会有一次落入这些英雄抢夺者手中,他们会努力把名单上的 a.v.[①] 和 g.v.[②] 变成 k.v.。

这样的故事有很多,其中的大部分听起来还要更苦涩。但是它们仍然与反叛、不满毫不相干;它们很真实,只是被直接说出来了而已;因为在军队里有太多的谎言、不公和下流行为。这样的事情还不多吗?在越来越无望的战斗中投入一个又一个军团,在后退破碎的防线上进行着一次又一次的进攻。

坦克已经从笑柄变成了重型武器。它们来了,装载着防弹钢板,排着长队,比任何东西都更能体现出战争的恐怖。

在漫天炮火中,我们没看到朝我们发射的枪炮,敌人的攻击线上是像我们一样的人——但是这些坦克是机器,上面的链条像战争一样无休止地滚动,它们能毁灭一切;它们无情地滚进弹坑又重新爬了出来,一堆咆哮着、喷着烟的坦克像铁兽一样不停地碾压着死人和伤者——在它们面前,我们只能蜷缩在脆弱的皮肤里,面对它巨大的力量,

---

① 不适合服兵役,只适合在家乡干活儿。
② 适合驻军任务,通常在后方。

我们的胳膊就像稻草，手榴弹就像火柴。

手榴弹、毒气和坦克队——碾压，毁灭，死亡。

痢疾、流感、伤寒——呕吐，烧伤，死亡。

战壕、野战医院、乱葬岗——没有其他的可能。

在一次进攻中，我们的连长贝尔廷克倒下了。他是一个非常出色的前线军官，每次出现危险的情况，他都会冲在前面。他在我们身边已经几年了，从来没受过伤，可最后还是出了事。我们坐在一个洞里，被包围了。石油或者煤油的臭味随着粉末状的烟雾飘散进来。我们发现了两个拿着喷火器的人，一个人的后背扛着箱子，另一个人的手里拿着喷火的软管。如果他们离得足够近，火焰能够到我们的话，那就全完了，因为我们现在无法撤退。

我们把火力集中到他身上。但是他们还是离我们越来越近，情况很糟糕。贝尔廷克跟我们一起躺在洞里。当他意识到，我们为了应付强火力只能小心翼翼地找掩体而不能进攻时，他拿起了武器，从洞里爬出去，支着身体趴在地上，向前瞄准。——他开枪了——就在这时，一颗炮弹砰的一声在他身边爆炸；他被击中了。但他还是趴在那里继续瞄准——他停顿了一下，接着重新瞄准；最后枪声响了。随后，贝尔廷克放下武器，说："很好。"然后就滑了回来。拿着喷火器站在后面的那个人受伤了，他倒下了，软管滑到了别的地方，火苗向四面八方喷去，两个人都被火烧死了。

贝尔廷克胸部中弹。过了一会儿，一个弹片削去了他的下巴。同一个弹片的余威还能让勒尔的屁股开花。勒尔呻吟着，用胳膊撑着自己，他的血很快就流光了，没人能帮助他。几分钟后，他就像流干了水的水管一样无力地倒下了。他在学校的时候是个很棒的数学家，但现在这又有什么用呢？

几个月过去了。一九一八年的夏天是最血腥、最艰难的。这些日子是那么不可理喻，就像穿着金色和蓝色衣服的天使站在毁灭之环的上方。每个人都知道，我们正在输掉这场战争。大家都对此避而不谈，我们要回去了，这次猛烈的攻势之后我们再也无法进攻了，因为已经没有什么人和弹药了。

但是征战仍在继续——死亡也在继续。

一九一八年的夏天。——对我们来说，悲惨的生活中从没有哪一刻像现在这样令人向往；——宿营地的草坪上盛开的红色虞美人，草茎上光滑的甲虫，阴凉房间里温暖的夜晚，暮色中黑色的神秘树木、星星和流水、美梦和充足的睡眠——哦，生活，生活，生活！

一九一八年的夏天。——于沉默中要忍受的东西从没有比出发去前线的那一刻更多。关于停战与和平的狂热而动人的谣言出现了，这让人心混乱，也让出发去前线比以往任何时候都难！

一九一八年的夏天。——前线的生活从来没有比炮火连天的时候更痛苦可怕，当苍白的脸埋在污垢中，双手紧握成一团：不！不！现在还不行！还没有到最后一刻！

一九一八年的夏天。——掠过烧焦田野的希望之风，急躁和失望的狂热，死亡最痛苦的颤抖，不可理喻的问题：为什么？为什么没有尽头？为什么会有战争结束的谣言？

这里有很多飞行员，他们可以像猎杀兔子一样准确无误地杀人。如果空中出现一架德国飞机，那么通常会有五架英国和美国的飞机与它对抗。如果战壕里有一个饥饿疲倦的德国士兵，那么就会出现五个身强力壮的敌方士兵。如果德方有一块黑面包，那么敌方就有五十听肉罐头。我们不是被打败的，因为我们的士兵更优秀、更有经验；我们只是在巨大的优势面前被碾压了。

几周的雨季已经过去了——灰色的天空，灰色的满是泥泞的土地，还有灰色的死亡。当我们出去时，湿气已经渗透我们的外套和衬衣里——在前线的时候也是同样的情况，我们身上就没有干爽的时候。还穿着靴子的人会用沙袋绑住靴口，这样泥水就不会太快流进来。步枪上生了锈，制服粘住了，一切都是流动的，一切都被溶化了。水淋淋、湿漉漉、油腻腻的大地，其上黄色的水坑里还有大片红色的血迹，死者、伤者和幸存者在慢慢沦陷。

暴风雨在我们头顶呼啸，一切都处在灰黄色的混乱中，被漫天弹片击中的人发出了孩子似的尖锐叫声；夜里，饱受摧残的生命艰难地呻吟着走向沉寂。

我们的双手是大地，我们的身体是泥土，我们的眼睛是雨池。我们不知道是不是还活着。

热气像水母一样冲进我们的洞里，在夏末的一天，卡特在去取食物的时候倒下了。我们两个人落单了。我给他包扎伤口；他的胫骨好像断了，腿部中弹。卡特绝望地呻吟着："现在还能做什么——现在还能做什么——"

我安慰他，"谁知道倒霉事能持续多久呢！最重要的是你已经得救了——"

伤口还在大量出血。卡特不能一个人待着，所以我试着去找一副担架。我也不知道附近什么地方有救护站。

卡特不是很重，所以我背他起来，跟他一起找救护站。

我们停下来休息了两次。在回去的路上他疼痛难忍，我们也很少说话。我解开了外套的领口，大口喘着气，汗流浃背，我的脸因为背他走路累得有些肿。但是我还是催促自己继续向前走，因为这片区域很危险。

"你还好吗，卡特？"

"不好也得好，保尔。"

"那我们走吧。"

我拉了他一把，他用没受伤的腿站了起来，扶着一棵树。接着，我小心翼翼地抓住他受伤的腿，他努力克服着疼痛，我把他另一条腿的膝盖也夹在了胳膊下。

我们回去的路变得更艰难了。不时会有手榴弹呼啸而来。我尽量走得快些，因为卡特的伤口正在滴血。我们几乎没有做任何防护，因为在找到掩体之前，炮弹就已经过去了。

为了等轰炸退去，我们趴在一个小的弹坑里。我把水壶里的茶喂给卡特喝，接着我们抽了一支烟。"是的，卡特。"我沮丧地说，"我们终究要分开了。"

他沉默地看着我。

"卡特，你还记得我们是怎么征用那只鹅的吗？还有，当时我还是个小新兵，第一次受伤时，你是怎么把我从困境中救出来的？那个时候我还哭呢。卡特，现在已经快三年了。"

他点点头。

对孤独的恐惧在心头升起。如果卡特被带走的话，我在这里就再也没有朋友了。

"你信不信，就算我的骨头断了我还是 k.v.？"他苦涩地问。

"你会在休养中恢复的。关节没问题。以后可能就恢复正常了。"

"再给我一根烟。"他说。

"或许以后我们会一起做点什么，卡特。"——我很难过，不可能，卡特——我的朋友，垂着肩，留着稀疏柔软的小胡子的卡特，我认识的和其他人认识的都不一样的卡特，跟我一起分享这些年经历的卡特——不可能再也见不到你，卡特。

"给我你家的地址，卡特，一定要给我。这是我的地址，我给你写下来。"

我把字条塞进胸前的口袋里。虽然他现在就坐在我旁边，但我还是感到很孤独。我是不是应该马上朝自己的脚开枪，这样就能跟他待在一起了？

卡特的喉咙里突然发出咕噜的声音，脸色发黄，还透着微青。"我们得继续走了。"他结结巴巴地说。

我跳起来，急切地帮助他，抱起他之后就跑了起来，我尽量跑得缓慢平稳一些，以免他的腿晃得太厉害。

我的嗓子很干，眼冒金星，但还是拼着命顽强地向前走，终于来到了救护站。

我跪在地上，还有足够的力气侧身倒向卡特好腿的那一侧。几分钟后，我又慢慢直起身来。我的腿和手都在剧烈地抖动，花了很大的力气才找到水壶喝了一大口水。我的嘴唇也在颤抖。但是，无论怎样，卡特总算得救了。

过了一会儿，我才听到周围混乱的说话声。

"你本可以省去这些麻烦的。"一个卫生员说。

我不解地看着他。

他用手指着卡特，"他已经死了。"

我没明白他说的话。"他的胫骨中枪了。"我说。

卫生员站在那里不动，"都一样——"

我转过身。我的眼睛仍然浑浊，汗水冒了出来，顺着眼皮流了下来。我擦掉汗水，看了看卡特。他躺在那儿一动不动。"他只是晕倒了。"我赶紧说。

卫生员小声说着："现在我比你清楚他的情况。他已经死了。我敢打赌。"

我摇了摇头："不可能！十分钟前他还跟我说话呢。他只是昏过去了。"

卡特的手还是暖的，我抓住他的肩膀，用茶水给他擦脸。这时，我感觉到手指上的潮湿。当我把手从他后脑的位置抽出来的时候，手指上沾满了血。卫生员又从牙缝里挤出几个字："你看到了吧——"

在我没注意的时候，卡特的头部被弹片击中了。只有一个小洞，可以肯定，弹片非常小，只那样飞出来了。但这就足够了。卡特死了。

我慢慢地站起身。

"你想要把他的士兵证和东西带走吗？"一个二等兵

问我。

我点了点头，他把东西给了我。

卫生员很惊讶，"你们没有亲属关系？"没有，我们没有亲属关系。

我要离开吗？我还有脚吗？我抬起眼睛，看了看周围，身体也随着一起转动，一圈，又一圈，直到我停下来。一切都跟以前一样。只有后备兵斯坦尼斯劳斯·卡钦斯基死去了。

其他的我就不知道了。

XII

　　秋天了。老兵的数量已经不多了。我是我们班里七个人中幸存的最后一个。

　　每个人都在谈论和平和停战。所有人都在等待着。如果这次再让他们失望，所有人都会崩溃；愿望太强烈了，如果不能实现他们就会勃然大怒。如果和平不来，革命就要来了。

　　因为吸到了毒气，所以我获得了十四天的安宁。我整天坐在小花园里晒太阳。很快就要停战了，我现在也对此深信不疑。然后我们就能回家了。

　　我的思绪就停在这里，不会再继续想下去了。极度吸引我的是感情，等待我的也是感情。这是对生命的渴望，是对家乡的情感，这也是鲜血，是对救赎的狂热。但这不是终点。

如果我们一九一六年就回家了，那么我们会因为经历的痛苦和从中获得的力量而掀起一场风暴。但如果现在回去，那么我们就只能感到疲惫不堪、支离破碎、筋疲力尽，没有根基也没有希望。我们再也找不到生活的方向了。

我们也不会被别人所理解——因为我们之前的这代人，虽然跟我们共同经历了战争年代，但是他们曾经有家、有工作，现在只需要回到以前的岗位就可以忘记战争——我们之后的这代人，跟我们之前的那代人相似，他们会把我们当成异类，把我们边缘化。对我们自己来说，我们也是多余的，我们会成长，有些人会适应，有些人会妥协，很多人会不知所措；——这些年月将会从记忆中消失，最终，我们也会走向毁灭。

但是，也许我想的这些，只是一时的忧愁和沮丧，当我们再次站在白杨树下，听着树叶沙沙作响的声音时，一切都会烟消云散。但让我们热血奔腾的温柔，不确定的、让人震惊的、即将到来的事物，未来会遇见的千万张面孔，梦里与书中出现的旋律，女人的窃窃私语和直觉，都不可能消失；连天的战火、绝望的心情和军队的妓院也不可能从此沉没。

这里的树木散发着五彩斑斓的金色光芒，山梨树的浆果是叶子中的一点红，乡间小路如纯白的绸带通向地平线，食堂像蜂巢一样传来嗡嗡的声音，他们在谈论那些关于和平的谣言。

我站了起来。

现在，我很平静。如果这样的年月再一次到来，它们不会再从我身上拿走什么，也不能再拿走什么了。我很孤独，没有任何期待，可以无所畏惧地直面它们。这些年经历的生活还依然留存在我的手里和眼里。我不知道能不能克服它。但只要它还在，它就会寻找自己的路，无论我心中的这个"我"是否愿意。

他于一九一八年十月阵亡，那一天，整个前线十分安静沉寂，以至于军报上都只有一句话：西线无战事。

他的身体向前倾着，像睡着了一样倒在地上。当人们把他翻过来的时候，可以看出他并没有经受太长时间的折磨；——他那么镇定，好像很满意这样的结局。